Allitera Verlag

Sie sind alle am Anfang ihrer schriftstellerischen Karriere, nicht älter als 35 Jahre. Die meisten suchen nach einer ernsthaften Herausforderung in der Literaturszene. Dazu haben sie die Chance – als Teilnehmerinnen und Teilnehmer des open mike der Literaturwerkstatt Berlin.

Der open mike ist ein internationaler Wettbewerb junger deutschsprachiger Prosa und Lyrik. Schon längst ist er über die Grenzen Deutschlands hinaus bekannt.

Viele Autoren, deren Namen heute im Literaturbetrieb bekannt sind, haben ihre Karriere beim open mike in der Literaturwerkstatt Berlin gestartet. Dazu gehören zum Beispiel Zsuzsa Bánk, Nico Bleutge, Karen Duve, Rabea Edel, Julia Franck, Björn Kuhligk, Terézia Mora, Tilman Rammstedt, Kathrin Röggla und Jochen Schmidt.

Sechs Lektorinnen und Lektoren aus renommierten Verlagen – Thorsten Ahrend (Wallstein), Petra Gropp (S. Fischer), Annette Kühn (luxbooks), Manfred Metzner (Das Wunderhorn), Lina Muzur (Carl Hanser), Sara Schindler (Kein & Aber) – haben riesige anonymisierte Textberge abgetragen, sich durch 700 in die Wertung gekommene Einsendungen gelesen und die 22 interessantesten Texte herausgesucht. Die ausgewählten Autoren lasen im Finale im November 2011 in Berlin.

Der 19. open mike ist eine Gemeinschaftsveranstaltung der Literaturwerkstatt Berlin und der Crespo Foundation.

In Zusammenarbeit mit der WABE und dem Allitera Verlag.

19. open mike

Internationaler Wettbewerb
junger deutschsprachiger Prosa und Lyrik

Allitera Verlag

Weitere Informationen über den Verlag und sein Programm unter:
www.allitera.de

November 2011
Allitera Verlag
Ein Verlag der Buch&media GmbH, München
© 2011 Anthologie: Buch&media GmbH, München
© 2011 Texte: bei den Autoren
Umschlagbild: allstars design
Umschlaggestaltung: Alexander Strathern, München
Herstellung: Books on Demand GmbH, Norderstedt
Printed in Germany · ISBN 978-3-86906-224-2

Inhalt

Kathrin Schmidt *Vorwort* · 7

Christina Böhm *Platzanweisung* · 10
Nadine d'Arachart & Sarah Wedler *Wenn du es kommen siehst ...* · 18
Roman Ehrlich *Ein Gesuch* · 23
Daniel Erning *halb oder gar nicht* · 35
Joseph Felix Ernst *Dora Diamant* · 41
Philipp Günzel *Gedichte* · 52
Johanna Hemkentokrax *Ausschüttung* · 60
Stefan Köglberger *Lichter* · 67
Anja Kootz *Im Rauschen des Wassers* · 75
Lisa Kreißler *Muttertier* · 85
Isabelle Lehn *Anderswo* · 91
Tristan Marquardt *Gedichte* · 96
Meter Mütze *Schorf* · 103
Peter Parczewski *Die Ameise* · 110
Ann-Kathrin Roth *Bierpferdchen und Cowboys* · 116
Michael Sieben *Der Pansen* · 125
Jan Skudlarek *regenpanoramen : elektrometeore* · 134
Manuel Stallbaumer *Gedichte* · 140
Janna Steenfatt *Somebody in Texas loves me* · 149
Sebastian Unger *Gedichte* · 157
Charlotte Warsen *Gedichte* · 164
Janin Wölke *Gedichte* · 178

Die Autoren · 189
Die Jury · 194
Die Lektoren · 195
Preisträger und Jury 1993–2011 · 197

Kathrin Schmidt
Vorwort

Ach, sie lesen um die Wette?

Das ist ja interessant. Unterliegt doch dem Rennwett- und Lotteriegesetz der Bundesrepublik Deutschland, wenn es in Berlin stattfindet. Oder?

Zwar schließt der Fluss Oder den Geltungsbereich des Gesetzes nach Osten hin ab, aber um ihn soll es hier nicht gehen. Vielmehr zielt das Frage-Oder auf den Begriff der Lotterie, des Glücksspiels, dem jeder, der noch keine Erfahrung mit dem Wettlesen sammeln durfte, erst einmal aufsitzt. Und das nicht ganz zu Unrecht, denn es wird schon so sein, dass die Aufmerksamkeit von Juroren durch ein misslungenes Frühstück, ein Leseerlebnis am Vortag oder den Ärger über die Liebe im Allgemeinen wie im Besonderen beeinflusst wird. Immer spielen sehr persönliche Momente und Gschmäckle bei Entscheidungen für oder gegen Texte mit, das gebe ich, wenn auch nicht gern, zu. Trotzdem hat das openmike-Wettlesen in den Jahren seines Bestehens ernst zu nehmenden Autoren ein Entdecktwerden erleichtert. Da muss also weitab von den Zügeln des Glücksspiels ein verlässliches Ross stehen, das darauf wartet, gesattelt zu werden von den Jungen. Nicht älter als fünfunddreißig zu sein, ist kein Kunststück, sondern eine Bedingung für die Teilnahme am Wettbewerb. Nun gibt es Autoren, die mit fünfunddreißig den Zenit ihrer literarischen Laufbahn längst überschritten haben, man muss nicht Rimbaud heißen, um das Schreiben mit einundzwanzig Jahren aufzugeben. Man muss aber auch nicht mit siebenunddreißig sterben, wenn man leer ausgeht beim open mike. Unter dieser Voraussetzung kann man sich dem Wettbewerb durchaus stellen, finde ich. Wenn man so gestrickt ist, dass es einem nicht die innersten Maschen auftrennt, wenn man begutachtet wird von vermeintlichen Größen der Literatur wie des Geschäfts. Dabei ist zu bedenken, dass sowohl der Mangel als auch der Überschuss an Selbstbewusstsein zyklischen Krisen unterworfen ist. Was in dem einen Jahr gut ist, kann sich im nächsten als hinderlich erweisen. Der *Laissez-faire* der 68er focht gegen den autoritär vermieften, piefigen Erziehungsstil der Fünfzigerjahre und wurde später von den so Erzogenen selbst abgelehnt, die sich nach Ruhe, Ordnung und überschaubaren Regeln zu sehnen begannen. Zwar nicht den Vorgängerstil wiederhaben wollten, aber, folgt man zum Beispiel den Entwicklungsgesetzen der materialistischen Dialektik, auf höherer Stufe den Stil ihrer Eltern aufzuheben gedachten. So ähnlich geht es dem Selbstbewusstsein: In diesem Jahr hat der geniale Stotterer alle Sympathien, im kommenden dann der *performer*, der seine Literatur zelebriert wie ein Göttlein. Es sollte klar sein: Die Qualität eines Textes hängt von der nach außen vermittelten Selbstsicherheit des Autors in keinem Fall ab. Lassen wir also die Texte sprechen. Das tun sie aber beim open mike, wie der Name verheißt, durch den Mund des Autors, und auch das macht ein Wettlesen zumindest anfällig für Lotterie und ihre Gesetze.

Lassen wir das. Konzentrieren wir uns auf das verlässliche Ross, das bereitsteht. Von den Juroren gestriegelt mit den Bürsten jahrelanger Leseerfahrung, vom Literaturbetrieb gefüttert mit dem von der Spreu getrennten Hafer der Möglichkeiten, von der Öffentlichkeit hin und wieder mit einem Zuckerchen bedacht, steht es und wartet auf seinen Einsatz. Vielleicht ist es ein bisschen viel verlangt, wenn ich sage, die Autoren sollten einander Steigbügelhalter sein? Einer die anderen stützen, sie schützen beim Ritt auf dem Ross? (Es kommt ja, wie gesagt, nicht darauf an, die beste Figur zu machen da oben.) Das Wort »Steigbügelhalter« ist im Deutschen pejorativ besetzt, dabei könnte es in der relativen Aufgeregtheit des Wettbewerbes, wenn man sicher nicht auf seine Füße achtet, sondern mit dem Kopf jedes Wort vor dem Aussprechen noch einmal auskostet, durchaus hilfreich sein, jemand hielte den Bügel zum Aufsitzen. Stellte das Glas Wasser bereit, drückte den Lesenden vor seinem Auftritt. Schriftsteller sind Individualisten, hört man immer wieder, aber gerade in der Generation der Jüngeren kann ich solch eigenartige Abgrenzung voneinander, auch über Altersgrenzen hinweg, nicht recht ausmachen. Das ist schön zu beobachten, wenn auch die zyklische Krise in diesem Bereich sicher nicht auf sich warten lassen wird ...

Über siebenhundert Einsendungen hat es gegeben zum diesjährigen open mike. Haben es nun zweiundzwanzig Stücke

Literatur oder zweiundzwanzig Autoren geschafft und die erste Auswahlhürde über die kompetent besetzte Vorjury genommen? Übrigens ohne hohes Ross. Ich entscheide mich salomonisch: Diese zweiundzwanzig Stücke Literatur erscheinen hiermit zum ersten Mal, waren beim Antritt noch ganz an den Autor gebunden und hatten den Höhenflug in die Publizität erst vor sich. Mit diesem Buch lösen sich Texte und Verfasser voneinander. Während Letztere in jedem Fall bleiben, ist das Schicksal Ersterer nicht ganz gewiss. Vielleicht werden sie verglühen beim Eintritt in die irdische Atmosphäre – oder sollte ich besser sagen: in den Geschäftskosmos? –, vielleicht aber auch ganz, stückweise oder in neuen, ungeahnten Erweiterungen das beleben, was das Verständnis von Literatur gegenwärtig ausmacht.

Christina Böhm
Platzanweisung

Als ich aus dem Büro der Dramaturgin kam und mir die Dramaturgin gesagt hatte, dass sie mein Stück nicht wolle, einfach nicht wolle, da hatte ich plötzlich das Gefühl, dass ich in eine Schleife gerate, so eine Möbius-Schleife, eine Unendlichkeitsschleife, wie dieser U-Bahn-Waggon in Argentinien, der für alle Ewigkeit unter Buenos Aires im Kreis fährt, weil die U-Bahn-Gleise die Form einer Schleife haben.

Da kam so ein Ticken in meinen Kopf, und als ich wieder in der Bahn saß Richtung München, wusste ich, dass ich für alle Zeiten auf diese Art ticken würde, pendelnd zwischen München und Wien, wenn nicht sofort etwas passierte. Es klingt wie silberne Taschenuhren, es klingt wie leere Patronenhülsen. Man muss das durchbrechen, irgendwie durchbrechen, und zwar sofort. Man muss raus, auch wenn hier die Fenster aus Sicherheitsglas sind, das man nur am roten Punkt einschlagen kann.

Benutzen Sie das rote Hämmerchen.

Luft zum Atmen, Platz zum Manövrieren. Man muss sich die Gleise neu verlegen, damit sie nicht im Kreis laufen oder in Schleifen. Es wird Zeit, dass wir uns den Platz schaffen, der uns zusteht, aber wahrscheinlich steht er uns gar nicht zu, es steht hier niemandem gar nichts zu, aber das wird sich ändern.

Ich denke, ich gehe dem Dicken nach, wir sind schon fast in Attnang-Puchheim. Ich sage jetzt, dass das ein Oberösterreicher ist, er klingt wie ein Oberösterreicher, und ich hoffte die ganze Fahrt, er würde in Linz aussteigen. Er steigt aber nicht aus in Linz, er stinkt, schiebt seinen Ellbogen auf meine Seite und streckt seine feisten Beine von sich, bis ich keinen Platz mehr habe für meine Knie. Er sitzt neben mir, in einem leeren Waggon, und beweist mir, dass sein dicker Körper wichtiger ist als meiner. Aber das beweist mir nur, dass er zu viel ist, dieser eine ist heute einer zu viel, und das wird sich ändern.

Das ändert sich jetzt.

Zu seinem Unglück ist er breit, aber nicht hoch, sein Nacken ist in günstiger Höhe, und bevor seine Arme nach hinten rudern können und mich erreichen, ist mein Knie in seinem Kreuz. Die Klotür ist hilfreich, die Klotür klemmt ihn ein und schirmt uns ab. Er ist fast nicht totzukriegen mit meinem bisschen Kraft, ich denke, ich mache das wie Mr Ripley, aber es ist schwierig, jemanden zu strangulieren. Es gibt auch Geräusche, aber das Kinderkino überdeckt das schon. Es ist ja auch niemand da, der sich über die Geräusche hätte wundern können. Trotzdem bekomme ich eine Heidenangst, ich könnte ihn nicht ins Klo hineinbringen, es rumpelt zwischen den Waggons, und ich denke, dass er sich noch aufrappeln wird, er rappelt aber gar nicht mehr.

Und das Ticken, dieses verhängnisvolle Ticken, das ist erst einmal weg.

Ich denke, ich hake den Riemen wieder an meiner Laptoptasche fest, es sind Hautschüppchen dran von seinem Hals, aber ich blase alles weg von meinem Laptoptaschenriemen und ich ekle mich noch immer nicht. Stattdessen stelle ich mir vor, der Dicke sitzt im Speisewagen.

»Wir haben uns das anders vorgestellt«, sagt die Dramaturgin, »das ist jetzt so ein *well-made-play*, Ihr Text, der ist so *plot-driven*. Das ist« – ich denke, sie wird etwas von Establishment sagen, so eine Achtundsechzigerphrase, aber dazu ist sie zu jung, sie ist maximal so alt wie ich, und es liegt an meiner geistigen Vergreisung, dass ich an solche Begriffe überhaupt denke. Ich bin zu alt, deshalb ist für mich auch kein Platz an dieser – »Es heißt ja *lab*, wir experimentieren hier doch, was soll diese Kausalität auf einmal in Ihrem Text? *Dekonstruktion*, wissen Sie, *Nonlinearität*. Motivation ist wunderbar, man darf es nur nicht so aneinanderreihen, so psychologisch, nur damit es am Ende eine Bedeutung erzwingt. Das Fragmentarische fehlt mir bei Ihnen, ich sehe das nicht bei Ihnen. Haben Sie einmal mit Textflächen gearbeitet?«

Sie schaut mich an und sagt: »Das Kleist-Jahr ist durch. Das ist als Thema durch. Das ist durch, das Thema.«

Hat dich jemand hier willkommen geheißen?
Hat dich jemand im Leben begrüßt?

Diese Ich-Aussparung, dieses körperförmige Loch in der Welt, wie in den Comics, das gibt es nicht für dich. Glaubst du wirklich, wir haben auf dich gewartet? Wenn du nicht wärst, hätten die anderen mehr Platz. So einfach ist das, du stehst uns im Weg. Dir steht nichts zu, und freiwillig geben wir dir nichts ab. Wir geben dir, was wir wollen. Aber gibt dir jemand, was du willst, Sex oder Geld oder einen Käsecracker, genau jetzt, wo du es dringend bräuchtest? Geh erst mal nach hinten, ans Ende der Schlange. Du wartest auf einen Arzttermin und du wartest auf einen Installateur, du wartest sogar in der Notaufnahme, ob dir das Blut übers Gesicht rinnt oder nicht. Du wartest auf einen Platz im Kindergarten und auf ein Bett im Altersheim, auf eine Wohnung mit Balkon, einen Studienplatz oder gewinnbringende Aktien. Wie lange hast du gewartet, dass jemand kommt und deinen Internetanschluss einrichtet, dein Kabelfernsehen, deine Sat-Antenne, deine Infrarotsauna? Bis jemand deine Einbauküche montiert, deinen Gasherd, deinen Treppenlift? Es war immer einer vor dir da, stell dich an, zieh eine Nummer. Du bist werdende Mutter? Psychologiestudentin? Tibetischer Exilant? Lern die Regeln, es ist dein Problem, wenn du die Sprache nicht verstehst, wenn du blind bist oder taub oder Rollstuhlfahrer, es gibt einfach zu viele von uns. Es liegt an der Überbevölkerung und an der Weltwirtschaftskrise, wir stehen einander im Weg, nehmen einander die Jobs weg und die Aufenthaltsbewilligungen und die Sitzplätze und die Stückaufträge.
Kein Platz.
Die Jungen sind zu viele und die Alten werden zu alt. Wenn du einen Job suchst, werden Stellen abgebaut, wenn du in Pension gehst, sind die Staatskassen leer. Deine Praktika sind unbezahlt und trotzdem überlaufen, du hast deine Lehrstelle nicht bekommen und studieren darfst du nur in Graz. Für dein Baby gibt es im Zug kein Stillabteil, am Samstagabend ist dein Lokal immer zu voll, und die Konzerte, egal welche, sind immer ausverkauft, wenn du mal rausgehen möchtest, um Musik zu hören. Das nennt man Effizienz, und die Arbeitsämter und die Universitäten und die Parkplatzwächter sind sich darin einig, möglichst viele von uns abzuwimmeln.

Wir denken immer, es liegt an uns. Du warst im falschen Kindergarten, in der falschen Schule, im falschen Unternehmen. Du wohnst im falschen Bezirk. Du hattest die falschen Freunde und die falschen Noten, die falschen Eltern sowieso, aber sonst – Du denkst, dein Leben wäre anders verlaufen, wenn du zum richtigen Zeitpunkt in dieses eine Seminar hineingekommen wärst, in diese eine Fortbildung, diesen einen Englischkurs? Wenn du in die Meisterklasse hineingekommen wärst, in den Workshop bei Wim Wenders oder Wim Vandekeybus oder von sonst jemandem, alles wäre besser, aber es muss passieren, bevor du dreißig bist, weil danach ist es vorbei?

Ich möchte jünger sein und schlanker, ich möchte lieber Mann sein als Frau, lieber Franzose als Deutscher, ich möchte gesund sein und nicht krank, ein Stadtmensch, ich möchte kleiner und dicker sein, lieber Spanierin als Italienerin, ich möchte lieber Frau sein als Mann, lieber depressiv als schizophren, ich möchte Weltbürgerin sein, klüger, gebildeter, dümmer, unbefangener, ein Naturkind, ungebildet, unbeleckt, ungeformt, aber Tatsache ist: Ich bin ich, und ich habe hier keinen Platz.

Die Dramaturgin sagt: »Das Thema muss knallen. Ich sage ja nicht ›Feuchtgebiete‹, wissen Sie, aber knallen sollte es schon. So etwas wie ›Arizona Roadkill‹« – ich glaube, das Buch heißt anders, aber sie sagt es mit Überzeugung – »die Stückfassung spielen sie gerade am Thalia Theater. So etwas kann man verkaufen. Schreiben Sie so etwas.«

Ich weiß nicht, was ich für ein Gesicht machen soll.

Ich versuche, mir nicht ansehen zu lassen, dass ich mich gerade sehr alt fühle, und das gefällt mir nicht. Aber Arizona gefällt mir, das erinnert mich an Tombstone und an Wyatt Earp. Ich will keine mickrige Handfeuerwaffe, eher so etwas, was Wyatt Earp im Arm trägt. Ich nehme an, es ist eine Schrotflinte.

Sie sagt: »Wissen Sie?«

Sie sagt: »Wissen Sie, es gibt ja immer Konferenzen. Da entscheidet ja nicht ein Einzelner, nicht im Verlag und nicht am Theater. Da entscheiden mehrere, und die Pressefrau ist am wichtigsten. Ohne Presse kein Vertrieb. Ohne Vertrieb kein Buchhandel, ohne Buchhandel keine Literatur. Schreiben Sie etwas, wo die Pressefrau sagt: *Ja*.«

Ich denke, dass bei mir alles trocken ist, staubtrocken, ich fühle mich wie die Wüste von Arizona. Meine Augen sind so trocken, dass ich sie eintropfen muss, wenn ich die Kontaktlinsen tragen will, das nächste Feuchte bei mir ist die Verwesung. Die Verwesung räumt dich endgültig zur Seite, und sie beginnt im Darm. Die Bakterien, die uns verdauen helfen, verdauen am Ende uns selbst, wir werden langsam grün unter der Bauchdecke und darüber, aber Grün ist eine Lieblingsfarbe von mir, wenigstens das. Früher war es Schwarz. Im Kindergarten war die Tante unglücklich, weil ich schwarze Blumen malen wollte. Jetzt hat sich mein Geschmack geändert und ich stehe mehr auf Grün. Nur gönne ich es diesen Bakterien nicht, dass sie sich auf meinem Territorium breitmachen, ich gönne das niemandem mehr. Ich bin Arizona und New York City, ich bin Area 51 und die Mafia in Las Vegas, ich bin territorial.

Zwischen Travis Bickle und Michael Corleone entscheide ich mich für Michael Corleone. Nicht Sex zu haben mit Michael Corleone, sondern Michael Corleone *sein*. Einmal ein verfluchter Kerl *sein*. Einmal die Welt ändern, und zwar auf die einfache Art. In ein Lokal spazieren und die Feinde erledigen und die Welt ist geändert. Der Lauf der Welt geändert, die Umlaufbahn in meine Richtung, auf die Gefahr hin, dass einem der Himmel auf den Kopf fallen könnte. Ich möchte meine Kontur in die Welt schießen wie Bugs Bunny seinen Umriss in der Wand hinterlässt. Ich trage einen roten Seidenanzug, ich sitze in einem braunen Ledersofa, *Don Corleone*, um nach getaner Arbeit in einer veränderten Welt zu entspannen. Es müssen alle weg, die mir sagen, was ich nicht hören will, alle, die die Welt hässlicher und dümmer machen, alle, die im Weg stehen, die in der Schlange weiter vorne sind, die zu laut sind oder zu leise, oder einfach sonst zur falschen Zeit am falschen Ort.

Ich erschieße zuerst die Dramaturgin mit der Architektenbrille, das geht relativ leicht, und dann gehe ich hinaus, und da sitzt der schnöselige Volontär neben dem Kopierer, das heißt, mittlerweile ist er aufgestanden, weil er den Lärm gehört haben muss. Ich erschieße auch den Volontär. Sekretärin haben die nicht, das können sie sich nicht leisten. Auch die Buchhalterin kommt nur ein paar Stunden die Woche, deshalb dauert es jedes Mal ewig, bis sie ein E-Mail beantworten oder das Telefon abheben, aber das hat sich jetzt wohl erledigt.

Dann gehe ich hinaus auf die Straße und erschieße zwei hässliche Frauen, weil ich selbst hässlich bin und mich diese Durchschnittlichkeit den letzten Nerv kostet. Dann erschieße ich eine schöne Frau, einfach weil ich ein böser Mensch bin, und dann habe ich keine Munition mehr.

Ich denke, dass das jetzt abscheulich von mir war und dass ich Tote abstoßend finde.

Ich habe Schwierigkeiten mit der Zerstörung von Materie. Ich finde es hässlich, etwas Ganzes kaputt zu machen, in seine Einzelteile zu zerlegen, ich trauere um meine Kaffeetasse, die in der Küche auf den Boden gefallen ist.

Ich trauere auch um die braunen Untersetzer, weil man die nicht mehr nachkaufen kann. Meine Mutter hat sie leichtsinnig als Katzenschüsseln verwendet, und die Katze hat sie leichtsinnig kaputt gemacht. Niemand hat daran gedacht, dass ich die braunen Untersetzer sehr gut gebrauchen könnte, zum Abstellen von Kaffeetassen. Dabei sind zerbrochene Untersetzer noch nicht einmal abstoßend im engeren Sinn, sie sind nur ein trauriger Anblick, und vielleicht wäre die zerbrochene Dramaturgin auch irgendwie traurig, wenn man darüber hinwegsehen könnte, dass Wyatt Earp ihr ein Loch in den Bauch geschossen hat. Aber ich fürchte, darüber komme ich nicht hinweg. Die meisten Menschen haben mit Leichen ihre Probleme, und wenn man schon mit Lebendigen nicht zurechtkommt, kann man sich ausmalen, wie wenig man mit Toten zurechtkommen würde. Der einzige Vorteil, den ein Toter gegenüber einem Lebendigen hat, ist, dass er nicht mehr lebt. Dafür stellen sich andere Eigenschaften ein, die ein Auskommen schwierig machen.

So stelle ich mir das vor, aber es ist alles geborgt, nur mein Opa ist tot in meiner Erfahrung, und die Tochter unserer Nachbarin, und beides waren Feuerbestattungen.

Nicht einmal meine Vorstellungskraft hat die Flügel, die ich als Kind gerne gehabt hätte.

Ich habe mir nicht viel dabei gedacht, als ich gesprungen bin, außer dass das Dach ziemlich hoch ist. Sehr hoch war es, wenn man oben stand, aber Kinder schreckt das nicht. Ich habe mir den Knöchel kaputt gemacht, mir war schlecht, und ich lag da, ewig lange, bis meine Tante kam. Die Vorstellung, die man beim Springen hat, die ist ja, dass man fliegen wird. Mit einem Schirm wie Madita oder mit einem Flugdrachen oder mit diesem stoffbespannten Holzrahmen, den ich verwendet habe. Ich glaube, da kam eine Windböe, die hat mich ein Stück weit verweht, aber dafür war es dann unten umso härter, weil das Gras schon aus war und der Betonweg angefangen hat. Unfassbar schlecht war mir, und ich bin eingeschlafen oder ich war ohnmächtig, und dann erst kam meine Tante. Und ich denke immer, sehr oft denke ich das, ich liege da und kann nie mehr wieder aufstehen. Und es kommen fremde Truppen und ziehen an mir vorbei, und dann unsere eigenen, ich liege zwischen den Linien wie in »Krieg und Frieden«, wenn die Husaren kommen, werden sie mich ausplündern und abstechen. Es kommen dann aber gar keine Truppen, ich stelle mir vor, ich stehe auf, und der Fuß hängt hinunter, weil er nur mehr an einem Fetzen hängt, und nicht einmal die marodierenden Russen können mich jetzt noch dazu bringen, davonzulaufen. Der Fuß hängt und ich denke, es liegt daran, dass man nicht fliegen kann. Wenn ich mir vorstelle, ich wäre nach Linz ins Krankenhaus gekommen, dann hätten mir die wahrscheinlich das Bein gleich abmontiert, und in der Charité sogar das falsche Bein. Dabei kann man wunderbar leben ohne Bein, es ist absolut kein Beinbruch, kein Grund für irgendwelche Neurosen. Und im Notfall, im äußersten Notfall würde ich bei einer Bettlergruppe anheuern und mich auf die Straße setzen lassen, damit die Leute einmal sehen, wie hart einen das Schicksal treffen kann.

Ich schlage der Dramaturgin die Geschichte mit dem fehlenden Fuß vor, aber es gefällt ihr nicht, genauso wenig wie der Amoklauf.

Sie sagt: »Warum wollen Sie sich denn das Bein abmontieren? Die Brust müssen Sie sich abmontieren, kennen Sie nicht diese New Yorker Fotografin? Das ist ein ganz eigener Look, da muss man gar nicht Brustkrebs haben. Denken Sie an die Amazonen.«

Ich weiß nicht, ob das für ein Todesurteil reicht, ich bin schon wieder dabei, das alles zu hinterfragen.

So kann man nicht schießen, das ist mein Unglück.

So kann man nicht leben, ökonomisch nicht und psychologisch nicht.

Clint Eastwood hat immer zuerst geschossen, manchmal bekam er Geld dafür, und Gene Hackman war oft als Richter angestellt, das schaffe ich wohl nicht mehr. Vielleicht ist es unsere Schwäche, dass wir über uns nachdenken und über das, was wir tun, während die Welt uns vor vollendete Tatsachen stellt und wir wissen, im Grunde sind wir lahm, wir sind lahme Enten, und unsere Selbstkritik ist die Tarnung einer universellen platzgreifenden Lähmung. Wir rollen auf unseren Wägelchen durch die überfüllten Straßen und betrachten die Dinge von unten. Nicht von ganz unten, dazu fehlt uns die Bodenhaftung, aber auch nicht von oben, wie ein einsamer Reiter in der Wüste von Arizona, den Cigarillo im Mundwinkel. Wir rollen stupide gelähmt, während die Welt über uns hinwegrollt, und während das Wägelchen immer weiter abwärtsfährt, glauben wir, wir gewinnen an Schwung. Wir rollen in unsere bewachten Parkplätze, wir ziehen uns zurück in unsere Nischen, wir machen Platz und weichen aus und halten uns für gute Menschen, während wir in unseren Kämmerchen elend zugrunde gehen, an Sauerstoffmangel und an mangelnder Bewegung.

Der Dicke neben mir räkelte sich im Sitz, und ich denke, warum muss sich ein Dicker ausgerechnet neben mich setzen, in einem leeren Zugabteil, wo ich gerade den schlechtesten Tag meines Lebens hatte.

Etwas tickt in meinem Kopf.
Ich denke, das sind nur die Tarifkilometer der Bahn, die an mir vorüberziehen, meine ablaufende Lebenszeit.

Nadine d'Arachart & Sarah Wedler
Wenn du es kommen siehst ...

Im Spülstein verlaufen die dicken, roten Tropfen zu kleinen Bächen. Ich presse den Handrücken auf meine Nase und muss einen ganzen Schwall Blut schlucken. Das Klopapier, das ich mir ins Gesicht drücke, saugt sich voll, und mir wird vom metallischen Geruch meines eigenen Blutes schlecht. Ich frage mich jetzt schon, wie ich mein T-Shirt wieder sauber kriegen soll, blinzle den Tränenschleier weg und suche nach Seife oder Shampoo. Alles, was wir haben, ist eine verstaubte Flasche Duschgel, deren gelbes Etikett sich an den Seiten einrollt, als ob es davonlaufen wollte. *Nach der Anwendung fühlen Sie sich frisch und belebt.* Klar. Hilft das Zeug auch, wenn einem mit voller Wucht der Nasenrücken ins Gehirn gerammt wurde?

Draußen, im Rest der Wohnung, ist schon wieder Stille eingekehrt. Wenn man sich erst gut genug kennt, werden Gespräche unnötig. Meine Eltern sind seit dreißig Jahren verheiratet und haben das Reden schon lange aufgegeben. Ich war ein Unfall, eines dieser Kinder, die eigentlich nicht kommen sollten. Aber dann, wie es manchmal so läuft im Leben, riss das Gummi und die Sache blieb so lange unbemerkt, bis es für eine Abtreibung zu spät war. Und schon war ich Teil dieser Welt und alle seufzten: »Na den hätte's ja nicht gebraucht.« Sechs Jahre später kam mein Bruder Basti auf die Welt – er war ein Wunschkind.

Aber was soll's? Jetzt bin ich nun mal da und muss das Beste daraus machen. Ich habe mal gelesen, dass Backpulver gegen Blutflecken helfen soll, doch ich habe keine Chance, an welches ranzukommen. *So* kann ich unmöglich nach draußen gehen, um einzukaufen, und ich bezweifle, dass meine Mutter welches hat – ich habe sie noch nie backen gesehen. Vielleicht fehlen ihr die Anlässe dazu, vielleicht sieht sie es auch bloß nicht ein, für so einen *verkommenen Haufen,* wie sie uns gerne nennt, zu backen.

Also bleibt mir nur das gelbe Duschgel. Während ich schrubbe, summe ich die *Mondscheinsonate,* gehe im Kopf die Noten durch, und der Streit mit meinem Vater tritt langsam in den Hintergrund. Eigentlich war es gar kein richtiger Streit – mehr ein Schlagabtausch.

a-d-f-a-d-f

Er hat erst heute gemerkt, dass ich gestern Geld aus der Haushaltskasse genommen habe. Er wird alt – früher hat es keine Stunde gedauert, bis es was gesetzt hat. Vor gut vier Wochen habe ich angefangen, zurückzuschlagen. Ich habe geglaubt, das würde meinen Vater vielleicht einschüchtern, aber er hat nur gelacht, ist vor mir durch den Raum getänzelt wie ein Boxer im Ring und hat eine große Show aus der Sache gemacht.

b-es-g, mit Dramatik in der Bindung

Die einzige Zuschauerin war meine Mutter. Basti war zum Glück noch in der Schule. Wenn er zu viel von dem mitbekommt, was hier läuft, nässt er ins Bett, und wenn er das tut, ist er Vaters nächster Sparringspartner.

Ich halte das nasse T-Shirt gegen das Licht. Die Blutkleckse sind ganz hell geworden. Wenn Angela mich nachher fragt, werde ich einfach erzählen, dass ich mein rostiges Fahrrad poliert habe. Oder dass es Spaghetti mit Tomatensoße gab. Wenn sie erfährt, wie es bei uns zu Hause läuft, wird sie sicher irgendwen herschicken. Dann erfahren meine Eltern, wofür ich das Geld aus der Haushaltskasse nehme, und mit meinen Besuchen bei ihr ist endgültig Schluss.

Also muss ich Geschichten erfinden – Geschichten, die friedlich und nach Mittagessen und Fahrradtouren klingen. Ich bin zufrieden mit meiner Ausrede, wringe mein T-Shirt aus und lege es zum Trocknen über die Heizung. Ein kurzer Blick in den Spiegel zeigt mir, dass ich aussehe wie ein Clown. Ich weiß nicht, wie ich Angela *das* erklären soll. Es gibt ein Babyfoto von mir, da ist meine Nase ähnlich dick und rot. Immer wenn jemand fragt, erzählen meine Eltern, ich sei vor einen Schrank gekrabbelt. Vielleicht benutze ich diese Ausrede nachher auch – nur ohne das Krabbeln. Ich bin froh, dass ich mich an meine Zeit als Baby nicht erinnere, denn ich kann mir gut vorstellen, wie es war, den ganzen Tag vor sich hin zu dämmern, hinter Rollos, die meine Eltern nie ganz hoch lassen, im dichten Qualm, den sie ausstoßen, zwischen ihren ewigen Streitereien. Alles, was du als Baby tun kannst, ist heulen. Ich werde bald sechzehn. Mit fast sechzehn hat man längst Wege gefunden, um anders klarzukommen.

Als ich das Bad verlasse, schlägt mir die typische Atmosphäre einer Großfamilie entgegen, die dem Alltag resignierend gegenübersteht. Meine Mutter sitzt am PC und klickt mit monotonen Bewegungen auf der Mouse herum. Mein Vater steht mit einer Bierflasche auf dem Balkon. Sein Kopf ruckt herum, als er die Badtür hört, und er fixiert mich mit seinen kleinen Augen, in denen das Weiße mittlerweile gelb geworden ist. An seiner Unterlippe prangt eine dicke Kruste, und als ich sehe, dass Tränen in seine Augen treten, fliehe ich in die Küche. Wenn Basti aus der Schule kommt, braucht er etwas Warmes. Meine Mutter hat längst aufgehört zu kochen, und meine Schwestern sind beide nicht zu Hause.

»Aber mach nicht wieder alles dreckig.« Mutter sieht nicht mal von ihrem idiotischen Computerspiel auf, um mir Vorhaltungen zu machen. Wahrscheinlich ist ihr mein Anblick unangenehm.

Es dauert eine Weile, bis ich einen sauberen Topf gefunden habe, denn wenn sich meine Mutter einmal aufrafft, um Essen *aufzuwärmen*, hat sie danach keine Lust mehr, sauber zu machen. Ich verdränge das Klicken der Mouse und das Schluchzen meines Vaters und versuche, mich ganz auf nachher zu konzentrieren, während ich den Topf mit Wasser fülle.

Ich trommle den ruhigen, schweren Rhythmus der *Mondscheinsonate* auf dem Deckel des Nudeltopfes und beginne, die Geschehnisse von vorhin zu vergessen, als mein Vater plötzlich in der Tür steht. Aus seiner Nase läuft Rotz, wie vorhin Blut aus meiner lief, und das Gelbe in seinen Augen ist rot und glasig. Ich weiß, was jetzt kommt, aber ich will es nicht hören. Ich will nicht hören, dass er all das nur zu meinem Besten tut, weil er will, dass ich anders werde als er. Das weiß ich doch längst und ich *werde* anders als er. Werde ich das wirklich? Ein Schauer läuft mir über den Rücken, als ich an den Schlag denke, den ich ihm vorhin verpasst habe. Vielleicht fange ich auch irgendwann an zu trinken, um diesen ganzen Müll zu vergessen. Zeuge einen eigenen Sohn und heule *ihn* voll, dass er mal ganz anders werden soll als ich. Nein, ausgeschlossen. Ich bin doch schon unterwegs in eine andere Richtung, oder?

»Setz dich zu mir, Junge.« Vater lässt sich auf einen der Plastikstühle fallen, die wir letztes Jahr gekauft haben, nachdem der letzte Stuhl einfach in sich zusammengefallen ist, als hielte er es hier nicht mehr aus.

»Jetzt nicht«, antworte ich und bettle innerlich die Nudeln an, schneller weich zu werden.

Mein Vater knallt seine Bierflasche auf die Tischplatte. Vielleicht hat er die Wucht seiner Bewegungen nicht mehr im Griff, vielleicht will er auch einfach nur seine Worte unterstreichen. So oder so tue ich ihm nicht den Gefallen, zusammenzuzucken. Ich behalte die Melodie im Kopf, sehe sie vor meinem inneren Auge.

Mein Vater unterbricht den Fluss aus Notenlinien mit seiner lallenden Stimme. Er sagt, dass ich ihn doch verstehen müsse. Dass er doch nicht einfach zusehen könne, wie ich immer wieder Geld aus der Haushaltskasse stehle. Er bietet mir sogar an, was vom *Gemeinschaftstabak* zu nehmen, wenn ich eine rauchen wolle, oder eine von seinen Bierflaschen, die er auf dem Balkon lagert. Ich frage mich, warum er sich jedes Mal aufs Neue mit mir versöhnt – ist das Losschreien und Zuschlagen schöner, wenn es ganz unvermittelt kommt?

Ich frage ihn nicht danach. Ich höre ihm auch nicht zu, als er auf mich einredet, blende ihn einfach aus wie ein lästiges Hintergrundgeräusch. Es ist später Nachmittag und mein Bruder wird jeden Augenblick hier sein – keine Zeit für einen neuen Streit. Er soll an meiner Sturheit verzweifeln, sich noch mehr betrinken und dann ins Bett gehen. Dann bleibt nur noch Mutter, aber die ist ein harmloser Gegner.

»... mir nicht zu, verdammt noch mal??«

Erst jetzt merke ich, dass mein Vater immer noch redet. Wenn er sauer ist, wird seine Stimme heiser und hoch zugleich, manchmal klingt sein Gebrüll wie ein schiefes Sauflied. Ich schließe die Augen, während ich im Topf rühre. Stelle das andere Lied, das in meinem Kopf, lauter. Ein paar Jahre noch, sage ich mir. Dann bin ich für immer weg hier. Angela meint, ich habe Talent. Ich könnte Konzertpianist werden. Mein Musiklehrer, der mir den Klavierunterricht bei ihr vermittelt hat, meint dasselbe. Musik war immer das einzige Fach, in dem ich gut war. Ich mag es, Töne zu erzeugen, die anderen gefallen. Vater mag das Gegenteil.

Ich muss verpennt haben, wie er aufgestanden ist. Jetzt steht er neben mir, hält sich an der Anrichte fest und schlägt mir gegen die Schulter. Der Löffel fällt mir aus der Hand, die Sonate in meinem Kopf bricht abrupt ab. In Gedanken bete ich, dass es heute kein zweites Mal Schläge setzt. Meine Nase tut immer noch weh, das blutige Shirt ist noch nicht trocken und ich muss noch zum Klavierunterricht. Angela weiß nicht, was bei uns los ist, dass ich das Geld für den Unterricht stehlen muss. Wenn sie es wüsste, würde sie mich mit Sicherheit rauswerfen.

Mein Vater brüllt mich an, dass ich zuzuhören habe, wenn er mit mir spricht. Auf einmal kommt er mir gefährlich vor. Ich habe die Situation unterschätzt, habe mich zu sehr darauf verlassen, dass jetzt die große Entschuldigungsarie kommt. Einen Schritt voraus sein, wie mit den Noten.

a-d-f-a-d-f Wenn du weißt, was kommt, kannst du's besser spielen.

»Hast du mich verstanden?«

Ich nicke. Mehr bringe ich nicht zustande. Und es ist zu wenig. Vater packt mich am Kragen und zieht mich heran. Der Wasserdampf aus dem Topf hüllt uns in feuchten Nebel. Er starrt mich aus seinen Eisaugen an und will von mir wissen, wofür ich das Geld gestohlen habe. Was soll ich sagen? Meine Eltern kennen keine Musik. Sie verstehen nicht, wie wichtig das Spielen für mich ist. Was es für ein Moment für mich war, als ich zum ersten Mal an dem großen schwarzen Konzertflügel in unserer Schule saß und der Lehrer mir ein paar einfache Töne gezeigt hat. Sie würden dieses Gefühl nicht nachvollziehen können.

»Wofür stiehlst du unser Geld? Drogen? Irgendeine *Schlampe*, die du beeindrucken willst? Das ist es, he? Eine dahergelaufene, dreckige Schlampe!«

Ich schüttle den Kopf. Früher, als er noch einen Führerschein hatte, ist mein Vater illegale Rennen gefahren. Er kann schnell sein, auch im Suff. Er stößt den Topf zur Seite, das Wasser schwappt über, Tropfen verdampfen protestierend auf dem rot glühenden Ceranfeld. Heiße Wasserspritzer überziehen unsere Arme, während wir miteinander ringen, er mich anschreit und anspuckt und mir von seinem Atem übel wird. Sein Gesicht ist wutverzerrt, er ist ganz bleich vor Zorn. Er stößt mich davon, dann packt er meine Handgelenke. Ich spüre den Druck, doch ich bin wie gelähmt. Vielleicht ahne ich, was passieren wird. Doch ich kann nicht mehr reagieren. Als meine Hände die heiße Herdplatte berühren, fange ich an zu schreien. Es klingt unmelodisch und falsch.

b-es-g, mit Dramatik in der Bindung. Wenn du es kommen siehst, kannst du es besser spielen.

Roman Ehrlich
Ein Gesuch

Ich stellte ein Gesuch. Ich wollte nicht mehr in der Produktion arbeiten. Sondern lieber in der Organisation. Oder der Koordination.

Sie dürfen nicht so oft wechseln, Herr Sowieso, sagte man zu mir. Sie schwächen damit die Gemeinschaft. Und ihr Wohl. Es ist für Sie nicht vorgesehen, mehr als eine Profession auszubilden. Wir haben da aus den falschen Versprechungen der Vergangenheit gelernt. Wir haben gelernt, dass die Menschen unglücklich werden ohne Halt. Und eine konstante Tätigkeit gibt Halt. Und kann darüber hinaus von zentraler Stelle verordnet werden.

Man sah mich, der ich vor dem Schreibtisch stand mit meinem Anliegen, freundlich an. Etwas in dem Blick der Person ging aber über diese Freundlichkeit hinaus, wies in gewisser Weise in die Zukunft und zeigte ein mögliches Ende der Freundlichkeit an, wahrscheinlich gesetzt den Fall, ich verstünde nicht oder wollte nicht verstehen.

Aber, sagte ich nach einiger Zeit, ich fühle mich doch jetzt unzufrieden. Und unglücklich. In meiner jetzigen Position geht es mir nicht gut. Vielleicht, sagte ich, bin ich ein anderer Mensch mit anderen Qualifikationen als ursprünglich angenommen.

Die Qualifikationen, die Sie ausgebildet haben, erklärte man mir, haben Sie unter Anweisung eines geschulten Fachpersonals erworben. Sie sind das Kapital, das Ihnen nun zum Bestreiten Ihres Lebens zur Verfügung steht. Aufgrund der Endlichkeit Ihrer Lebenszeit ist es nicht nur unrentabel, sondern auch unfair gegenüber den anderen, denen ebenfalls ein Teil vom Gesamtkapital zusteht, wenn Sie als Einzelperson über mehr als eine Profession verfügen. Es ist jetzt an Ihnen, Ihr Kapital in die Gesellschaft einzubringen. Ihr Gesuch muss abgelehnt werden.

Ich sagte zur Person hinter dem Schreibtisch: »Ich verstehe Sie nicht«, denn ich verstand sie nicht.

~

An einem Abend nach Sonnenuntergang auf dem Parkplatz eines Discountsupermarktes. Am Himmel, über den Dächern der Häuser, die den Supermarkt und den Parkplatz umstellen, die Untergangsfarben Rosa, Violett und Blau. Die Zeitschaltuhr der Straßenbeleuchtung hat diese bereits in Betrieb genommen. Es ist nicht besonders warm. Der Discountsupermarkt ist noch bis 22.00 Uhr geöffnet. Der Verkaufsleiter des Marktes, kränklich und voller Trauer, seit einiger Zeit schon nicht mehr zu Entscheidungen fähig, sitzt auf dem Parkplatz vor der Filiale in seinem Dienstwagen. Der Dienstwagen wurde innen serienmäßig mit schwarzen Lederbezügen ausgestattet. Ferner mit einem Navigationssystem, das mithilfe einer Saugvorrichtung mittig an der Windschutzscheibe angebracht werden kann. Der Dienstwagen hat die Stadt noch nie verlassen. Das digitalblaue Leuchten des Navigationsgerätes spiegelt sich innen an der Windschutzscheibe. Dahinter der Abendhimmel. Der Verkaufsleiter tippt mit dem Finger auf dem Display herum. Er sucht das Innere seines Kopfes ab nach einem Ort, den er probeweise eingeben könnte ins Menüfeld *Zielort*. Ihm fällt aber kein Ort ein. Er hat Angst und glaubt, in ihm sei keine Sehnsucht mehr übrig.

~

Die Produktionsassistentin der Quizsendung eines privaten Fernsehsenders macht eine schaufelnde Bewegung mit dem ganzen Arm. Das Publikum im Studio weiß: Die Aufzeichnung der Sendung beginnt und die Produktionsassistentin wünscht sich kräftigen Applaus. Der Applaus erfolgt, noch bevor der Moderator den Raum betritt. Intensität und Lautstärke des Applauses steigen auch ohne weitere Schaufelbewegungen der Produktionsassistentin, als das Publikum den Moderator schließlich erblickt. Der Moderator bedankt sich mehrere Male, Pfiffe und Rufe mischen sich in den Applaus, bis er schließlich auf ein weiteres Zeichen der Produktionsassistentin (ein waagerechtes Ziehen des Zeigefingers über die Kehle – wie bei einem tödlichen Schnitt) jäh verebbt.

Es folgt eine Anmoderation nach bekannter Art. Die Gäste der Quizsendung sind Privatpersonen, die mittels mehrstufiger

Auswahlverfahren aus Onlinebewerbungen rekrutiert wurden. Der Moderator bittet Frau S. aus P. zu sich vor die Kameras. Ihr Name und der Name des Ortes werden während der Aufzeichnung voll ausgesprochen. Es folgt die Vorstellung der Kandidatin:

»Frau S. – Sie sind Grundschullehrerin?«

»Nein. Also ja. Naja. Ich beziehe Berufsunfähigkeitsrente, das hätte man Ihnen eigentlich sagen müssen, das habe ich vor der Sendung doch in den Fragebogen geschrieben. Man hat mir meine Berufsunfähigkeit ärztlich attestiert, als Beamtin bekomme ich nun eine Pension, von der ich ganz gut leben kann.«

»Oh, das tut mir leid.«

»Das muss es nicht. Ich mache jetzt ja auch all diese verrückten Dinge. Mich bei einer Fernsehquizshow bewerben, das hätte ich mich während meiner Referendariatszeit niemals getraut. Damals war ich mir einhundertprozentig sicher, ich sei als Mensch ungenügend. Sowohl charakterlich als auch vom Stand meines Wissens.«

»Mich interessiert Ihre Berufsunfähigkeit. Wollen Sie uns erzählen, wie es dazu gekommen ist?«

»Ich weiß nicht. Das ist schon sehr privat. Und Sie müssen doch auf Ihre Sendezeit achten, oder nicht?«

»Das hier ist eine Quizshow und meine Aufgabe ist es, Fragen zu stellen.«

»Ja schon, aber es sollten doch Wissensfragen sein. Wissenschaft, Technik, Sport und Kultur.«

»Vorsicht, Frau S., Sie erklären mir hier meine Arbeit. Aber das ist nicht nötig: Das Publikum interessiert sich durchaus für die Lebensgeschichten unserer Kandidaten. Sie sind doch als Mensch hier geladen und nicht als ein bloßes Behältnis für Wissen. Diese Art Fernsehen ist hinfällig geworden. Wir haben jetzt Computer und das Internet, jeder kann jederzeit Wissensfragen beantworten … Also?«

»Nun, ich will nicht zu sehr ins Detail gehen. Ich kann sagen, dass es mit einem Traum zusammenhing. Ich hatte einen Traum, der sehr scheußlich war. Dieser Traum hing mir lange nach und ich konnte meine Arbeit dann nicht mehr ohne ein schlechtes Gewissen verrichten. Es ging darin um die Kinder. Und dann war da noch eine Situation im Lehrerzimmer, nachdem ich den

Traum hatte, an einem Morgen danach. Davon könnte ich Ihnen erzählen.«

»Gern.«

~

Auf dem Parkplatz vor der Veranstaltungshalle bleibt der Vater, der die minderjährigen Kinder in die nächstgelegene Großstadt gefahren hat, damit sie sich dort ein Konzert ansehen können, während des Konzertes im Auto sitzen.

Er hört Radio und raucht Zigaretten.

Der Vater unterlässt es, während dieser Wartezeit an seine Jugend zu denken. Die Musik aus dem Radio ist die seiner Generation, hierfür hat der Vater jedoch nie ein Verständnis ausgebildet.

Der Sinn der Musik liegt für ihn hauptsächlich in dem, was sie nicht ist:

Sie ist nicht die Stille auf einem Konzerthausparkplatz, zwischen den Lichtern am späten Abend.

~

Beim nochmaligen Ansehen der Fernsehaufzeichnung wird sich Frau S. später wundern, wie ungehemmt sie plötzlich vor den Fernsehkameras zu erzählen begann. Es wird ihr auch auffallen, dass sie nicht, wie es sonst ihre Art ist, an der Haut um ihre Fingernägel herumkratzte. Stattdessen ruhten ihre Hände ineinander auf Höhe des Hosenbundes.

»Die Kollegen standen an diesem Tag im Halbkreis an einer der Wände, dicht zusammengedrängt. Sie haben sich etwas angesehen, ich konnte gar nicht erkennen, worum es sich handelte. Ich konnte aber sehen, dass sie immer wieder mit ihren Fingern auf etwas zeigten und dann laut loslachten. Später habe ich gesehen, dass einer der Lehrer die dümmsten Schülerantworten aus seinen Schulaufgaben des vergangenen Jahres herauskopiert und an die Lehrerzimmerwand gehängt hatte.

Ich weiß noch, dass ich dastand, hinter dem Halbkreis aus Lehrerkollegen, die sich sehr amüsiert haben. Dass ich in meine Kaffeetasse geschaut habe, aus der ich noch gar nicht getrunken hatte. Mir war sofort klar, der Kaffee darin würde sauer und viel zu stark schmecken. Obwohl ich ja nicht wusste, wer ihn gekocht hatte. So, als könnte ich in die Zukunft sehen.

Ich habe aus dem Fenster geschaut. Auf das Maisfeld, das an unser Schulgelände grenzt. Es war gerade frisch abgeerntet. Ich spürte, wie ausgelaugt die Erde war. Dass es ihr an Mineralien fehlte. Dass sie müde geworden war und unfruchtbar. Und dann dachte ich plötzlich: Jetzt hast du einmal zu oft gelogen. Obwohl ich doch überhaupt nichts gesagt hatte.«

~

Im Inneren des Discountsupermarktes, vor dem der Verkaufsleiter im Dienstwagen sitzt, schiebt eine Person ihren Einkaufwagen über die gelben Fliesen, durch den letzten Gang. Im Wagen befindet sich nichts weiter als ein in Plastikfolie eingeschweißter Mandelschaumkuchen unbestimmten Alters und schier unbegrenzter Haltbarkeit. Die Person hebt beim Schieben aus einem Impuls heraus den Kopf und betrachtet die Neonröhren, die über sie hinwegziehen. Das Licht brennt sich für kurze Zeit auf der Netzhaut ein und hinterlässt grünlich-blaue Flecke im Gesichtsfeld.

Zuerst stellt sich die Person, wie sie nach oben schaut, vor, sie würde auf einem Patientenbett liegen und durch einen Krankenhausflur geschoben. Dann aber denkt sie unvermittelt an die Tunnelbeleuchtung am nördlichen Stadtrand und wie diese Lichter immer über die Motorhaube und die Windschutzscheibe ziehen, wenn man mit dem Auto darunter hindurchfährt. Die Person bleibt stehen. Sie denkt an den Rand der Stadt. Sie schaut in ihren Einkaufswagen mit dem eingeschweißten Mandelschaumkuchen und spürt den Impuls, den Wagen bis an den Rand der Stadt und darüber hinaus zu schieben. Dann hebt sie ihren Blick noch einmal, legt den Kopf in den Nacken und erblickt, direkt über sich, einen Lautsprecher. Ein rundes, weißes Gitter vor einem schwarzen Loch, aus dem permanent Schall in den Verkaufsraum abgesondert wird. Zum ersten Mal seit dem Betreten des Discountsupermarktes hört die Person genau hin. Ein Jingle ertönt. Wir sind zurück im Studio, sagt eine Stimme. Gleich geht's weiter mit Musik, vorher noch ein paar Fragen an meinen Studiogast, den amerikanischen Science-Fiction-Autor Richard Matheson. Eine tiefe Männerstimme ertönt, von der die Person glaubt, sie könne sie auf dem eigenen Zwerchfell spüren.

»Bevor Sie weiterreden, möchte ich Sie bitten, hier etwas zügiger zum Punkt zu kommen. Sie mäandern die ganze Zeit wild durch die Landschaft. Das ist sehr anstrengend für mich. Ich muss mich immer neu auf Sie einstellen.«

»Gut«, antwortet die andere Stimme, »rundheraus: Was ist Ihrer Meinung nach Ihr wichtigstes Werk, Herr Matheson?«

~

Ein alleinstehender IT-Spezialist, etwa vierzig Jahre alt, legt vier bunte Plastikmarken auf den Tresen einer Videothek. Die Mitarbeiterin der Videothek nimmt die Marken entgegen, liest die aufgeklebten Kennnummern und geht an ein großes Schubregal, um die entsprechenden Filme herauszusuchen. Der IT-Spezialist steht am Tresen, mit den Sohlen seiner Schuhe auf einem kurzhaarigen, grauen Teppich. Er streicht mit der flachen Hand über das Furnier der Arbeitsplatte, auf das eine dunkelbraune Kirschholzoptik aufgedruckt wurde. Bei diesem Streichen entsteht ein Geräusch, von dem der IT-Spezialist denkt: Wie das Schnurren einer Katze. Als würde es der Arbeitsplatte gefallen, wie sie angefasst wird.

Die Mitarbeiterin der Videothek kommt zurück und scannt vier silberne DVDs in die Kasse ein. Sie nennt einen Betrag, klemmt die Scheiben in neutralschwarze Plastikhüllen. Der IT-Spezialist bezahlt passend aus seiner Hosentasche. Er kennt die Preise der Videothek. Die Mitarbeiterin:

»Darf ich Sie mal was fragen? Haben Sie zu Hause eigentlich kein Internet?«

Und nach einer Pause: »Es geht mich ja nichts an, und Sie tragen ja schon auch den Umsatz hier mit. Ich versteh es nur nicht. Das muss doch auch unangenehm sein, oder nicht? Es schädigt vielleicht das Geschäft, aber das Geschäft hier ist mir ehrlich gesagt völlig egal – ich frage mich das jeden Tag. Haben Sie, habt Ihr Leute denn zu Hause kein Internet?«

Der IT-Spezialist erfindet aus großer Verlegenheit eine Geschichte über seinen Internetanschluss. Diese Geschichte ist allerdings voller Fachbegriffe und voller Angst, sodass die Mitarbeiterin der Videothek nichts versteht.

»Schon gut«, sagt sie. »Auf Wiedersehen.«
Der Spezialist verlässt auf langsamen, kurzen Schritten die Videothek. Ein Lautsprecher über dem Eingangsbereich sondert das Fragment einer Radiosendung in den Raum ab. Eine tiefe Männerstimme ist zu hören, der Spezialist meint, sie wie Finger am Hinterkopf zu spüren.
»Ich denke, *What Dreams May Come* dürfte das wichtigste Buch sein, das ich je geschrieben habe. Es hat einige meine Leser dazu veranlasst, ihre Angst vor dem Tod zu überwinden. Die größte Ehre, die einem Autor zuteil werden kann.«

~

Der Vater, der betrunken auf dem Beifahrersitz des Familienfahrzeugs sitzt und eine Tupperschüssel, in der sich ein Stück Mandelschaumkuchen befindet, fest umklammert. Die Mission, diesen Mandelschaumkuchen heil nach Hause zu bringen. Es ist der Abend nach einer Betriebsfeier. Der Sohn wurde gesandt, den Vater abzuholen. Die Tupperschüssel, von den Vaterhänden behütet, auf dessen Schoß.

Vor der Abfahrt stürzt er noch einmal aus dem Auto, stützt sich auf der Motorhaube ab und erbricht sich im Scheinwerferlicht vor den Augen des Sohnes.

Durch die Lichtkegel, die sein fahles Gesicht beleuchten, fallen Regentropfen.

Die Würgegeräusche werden größtenteils vom Brummen des Motors übertönt.

Es regnet außerdem aufs Innere der Wagentür. Den Handgriff, die stoffbezogene Blende. Die Knöpfe für die elektrischen Fensterheber.

Der Sohn denkt:
Die Knöpfe für die elektrischen Fensterheber. Das Wasser. Die Elektrik.

Auch auf den rechten äußeren Saum des Beifahrersitzes regnet es. Der Schaumstoff der Polsterung saugt sich mit Feuchtigkeit voll. Wenn sich da jetzt noch einmal jemand hinsetzen würde, dem würde rechts der Arsch feucht.

~

Einige Geräusche der Ungeduld sind aus dem Zuschauerraum zu hören. Die Produktionsassistentin versucht, Blickkontakt zum Moderator der Quizsendung aufzunehmen. Sie möchte gerne noch einmal dasselbe Handzeichen machen wie vorhin. Ihr Arm ist seit geraumer Zeit halb hochgehoben und wird langsam schwer.

Der Moderator: »Und dann hat man Sie also für berufsunfähig erklärt?«

»Ja, nun, das ging Schritt für Schritt. Erst mal war ich lange krankgeschrieben wegen einer Angststörung. Obwohl ich es ja selbst niemals als eine Angststörung bezeichnet hätte. Aber der Arzt hat es so bezeichnet, und als es da auf meinem Zettel stand, habe ich mich sofort damit angefreundet. Oder identifiziert. Ach, ich weiß nicht, wie man dazu sagen soll. Ich empfand es ja nach wie vor als eine Last, wahrscheinlich kann man da nicht von anfreunden sprechen. Aber es ist ein Teil von mir geworden. Diese Diagnose war für mich wie eine neue Berufsbezeichnung, wenn Sie verstehen.«

»Ich bin mir ehrlich gesagt nicht ganz sicher, ob ich das verstehe.«

»Von dem Geld, das man mir fortan überwiesen hat, habe ich mir ein Auto gekauft. Einen kleinen Peugeot, Cabriolet. Ich habe dieses Auto vom Gebrauchtwagenhändler abgeholt, habe die Nummernschilder angeschraubt und bin seither fast ununterbrochen durch die Gegend gefahren. Es tut mir wohl, im Auto zu sitzen. Wenn ich im Auto unterwegs bin, kann ich frei denken. Vielleicht, habe ich mir überlegt, weil man im Auto unmöglich arbeiten kann. Das geht ja nicht. Arbeiten und fahren gleichzeitig. Als ich das für mich herausgefunden habe, also dass es mir während der Autofahrten einfach gut geht, besser als irgendwo sonst, hatte ich zunächst noch ein schlechtes Gewissen dabei, so ohne Ziel und Grund durch die Gegend zu fahren. Ich habe dann meistens noch einen Supermarkt angesteuert oder bin einfach weite Umwege um die Stadt gefahren, wenn ich irgendwo hin musste. Es wurde mir aber mit der Zeit immer gleichgültiger und einmal bin ich einfach so, ohne zu wissen, wohin ich wollte, nach Wales gefahren. Sechzehn Stunden war ich unterwegs. Dort war ich seither oft. Manchmal inseriere ich meine Fahrten im Internet und nehme dann junge Menschen mit, die sich immer freuen, weil mein Auto zwar klein ist, aber ich kaum Geld von ihnen verlange.«

Für das Publikum im Studio ist an dieser Stelle ein klatschendes Geräusch vernehmbar. Der Arm der Produktionsassistentin wurde resigniert fallen gelassen. Ein Aufschlagen der Handfläche auf den Oberschenkel. Vor den Fernsehbildschirmen und bei der späteren Ansicht der Aufzeichnung sah man lediglich eine kurze Irritation in den beiden Augenpaaren des Moderators und seines Studiogastes.

»Aber Sie wollen doch bestimmt mal irgendwo leben. Also wohnen. Sie haben doch noch einen festen Wohnsitz?«

»In Westwales habe ich eine Landschaft vorgefunden, die mir entsprochen hat. Ein dichter Wald, nahe der Küste. Ich habe mir vorgestellt, eine Waldstadt zu errichten, da in Westwales. Das ist mein Traum, auf lange Sicht. Wenn ich irgendwann das Autofahren satt habe, dann mache ich mich daran, diese Waldstadt zu errichten in den Kronen der Bäume. Für eine neue Gesellschaft.«

»Und wie soll diese neue Gesellschaft dann aussehen?«

»Das weiß ich auch nicht. Es spielt aber keine Rolle. Noch nicht. Hauptsache ist, dass sich nun immerfort etwas bewegt.«

~

Der Sohn blickt durch die Windschutzscheibe des Familienfahrzeugs in den Nachthimmel am Ortsrand. In einiger Ferne durchschneiden senkrechte Lichtkegel die Dunkelheit. Sie wandern unruhig in immer gleichem Radius. Für die Jugend der Dörfer sind diese Lichtkegel Signalleuchten. Sie zeigen den Standort der jedes Wochenende stattfindenden Rockpartys an. Bevor er wusste, worum es sich dabei handelte, glaubte der Sohn, es müssten Suchscheinwerfer sein. Dass es irgendwo in dieser Landschaft einen gab, der es aufgegeben hatte, in der Ebene nach Antworten zu suchen. Und der jetzt vergeblich den Himmel abschaute in der Nacht.

~

Der IT-Spezialist, vor der Fahrertür seines Pkw auf dem Parkplatz der Videothek. Der Schriftzug *Videotime* wird von mehreren Baustrahlern auf dem Dach des Flachbaus angestrahlt. Der Spezialist hat den Autoschlüssel bereits hervorgeholt und ins Schloss der Tür gesteckt. Er sieht sein eigenes Spiegelbild im Seitenfenster, seinen leicht in die Breite gezerrten Blick. Der Spezialist antwortet und sieht sich selbst beim Sprechen zu:

»Wenn ich mir einen Pornofilm nur zu Hause aus dem Internet herunterlade und ansehe, dann bin ich doch mit meinem Schmerz und meiner Einsamkeit allein. Eingeschlossen. Ich bediene dann ein Gerät, das mein Computer ist, und ein anderes, das ich selbst bin. Es ist mir natürlich auch immer etwas unangenehm, wenn ich hierher komme. Aber es gehört eben dazu. Es ist ein Teil der Verrichtung. Ich verlasse das Haus, ich fahre hierher, ich habe diesen kurzen Kontakt mit einem Menschen. Ja. Dieser Mensch wird zum Mitwisser. Es ist dabei aber egal, ob es eine Frau oder ein Mann ist oder ob diese Frau oder dieser Mann hübsch und jung oder alt und hässlich ist. Es ist eine soziale Interaktion. Das können Sie komisch finden, aber so ist es. Sie können mich jetzt auch einen Exhibitionisten nennen. Aber Sie müssen zugeben: Es ist eine gemäßigte Form. Ich halte Ihnen schließlich nicht mein Geschlechtsteil hin, wir teilen lediglich für einen kurzen Moment ein sehr intimes Wissen über mich und diesen kurzen Ausschnitt meines Lebens. Es ist ja nur ein kleines Fragment. Das ist Teil Ihrer Arbeit. Sie sollten sich eine andere Arbeit suchen, wenn Sie damit nicht einverstanden sind.«

Nachdem der IT-Spezialist zu Ende gesprochen hat, blickt er sich selbst streng ins Gesicht. Nach einigen Sekunden erkennt er, kurz oberhalb der Augen, mittig auf seiner Stirn, die noch leicht in Falten liegt, das rote Blinken der Alarmanlage im Inneren des Fahrzeugs.

~

Ich sagte zur Person hinter dem Schreibtisch: Ich verstehe Sie nicht.

Denn ich verstand sie nicht.

»Sie müssen doch verstehen«, antwortete die Person, »dass Sie sich das Unglück ins Haus holen, wenn Sie immerfort glauben, *das andere*, was sie nicht besitzen oder sind, sei das, was Sie eigentlich wollen. In der Vergangenheit haben sich staatstragende

Institutionen zu wenig um das Glück der Bevölkerung gesorgt. Wir haben aus den Fehlern dieser Vergangenheit gelernt, das können wir heute schon behaupten.«

»Aber wenn ich nun falsch zugeordnet wurde. Diese ganzen Entscheidungen sind so früh gefallen. Ich meine, wenn es nicht meinen Begabungen entspricht. Oder meinem Charakter, was ich tue. Wenn tief in mir drin ein anderer als der, der ich außen sein muss, hockt und leidet. Wenn der jeden Tag schreit, weil er in Ketten liegt und unterdrückt wird.«

»Ich finde, Sie sollten auf ihre Wortwahl achtgeben, schließlich leben Sie in einer freien Gesellschaft.«

»Wenn Sie sich zum Beispiel den Ort mal ansehen wollen, an dem ich geboren wurde. Das habe ich bis heute nicht verstanden, aber es hilft einem ja auch keiner beim Verstehen: Wie kann man an einem Ort geboren werden und nichts kennen als diesen Ort, aber schon ganz früh wissen, dass er einem nicht entspricht, dass man nicht dort bleiben will – es war früher ja nur eine Hoffnung, bevor es zur Gewissheit wurde, dass irgendwo auf dieser Welt ein anderer Ort sei, an dem es einem wohlergehen könnte.« »Sie reizen mich. Ihnen ist nicht klar, was Sie wirklich bewegt. Sie kommen hier in mein Büro und wollen ein Gesuch stellen, für das es gar kein Formular gibt. Sie tragen Ihr Anliegen vor mit größter Überzeugung und dabei kennen Sie noch nicht mal die Kraftwerke Ihrer Seele beim Namen. Sie sehen, dass irgendwo am Horizont Rauch aufsteigt, aber Sie wissen nicht zu sagen, ob es sich um eine Fabrik handelt oder vielleicht doch nur um ein Kartoffelfeuer. Jetzt stehen Sie hier und sprechen von Ihrem Ort wie von einem Trumpf. Als sei der Ort Ihr braunes Haar, Ihre langen Finger, Ihr Gleichgewichtssinn.«

»Wenn es doch vielleicht so ist? Sie können doch nicht ausschließen, dass es so ist!«

»Ich sage Ihnen, was Ihr Ort ist. Ihr Ort hat sich, nachdem Sie ihn verlassen haben, umgeformt zu einer Pistolenkugel. Und jetzt fliegt er Ihnen hinterher, wohin Sie gehen. Einen Hetzer haben Sie sich aus Ihrem Ort gemacht. Sie glauben doch, wenn Sie stehen bleiben, dann schlägt Ihnen die Pistolenkugel in den Hinterkopf ein. Sie fühlen sich bedroht. Eine Ungerechtigkeit, denken Sie sich, aber wenn Sie glauben, dass man sich hier damit befassen wird, auf dem kostbaren Papier unserer Behörden, dann haben Sie sich geirrt. Ihr Gesuch muss abgelehnt werden. Gehen Sie jetzt. Der Tag ist noch lang. Sie machen sich eine Vorstellung von den Dingen, als wären hier überall geballte Fäuste, die stinkend durch die Luft geschwungen werden. Für mich ist das eine Beleidigung, aber ich werde es Ihnen nicht nachtragen. Ich bitte Sie nur, mein Büro jetzt unverzüglich zu verlassen.«

Daniel Erning
halb oder gar nicht

Der erste Schritt geht aus dem Bett.
  Der erste ist immer der schwerste, jedenfalls geht ihm das so. Der aus der Wohnungstür und der aus dem Reihenhaus sind ganz o. k. Überhaupt kein Problem. Der Schritt hinein in die muffige, überfüllte Bahn ist auch völlig in Ordnung. Und wenn er den letzten Schritt durch die Bürotür macht, merkt er gar nicht, dass er gerade einen Fuß vor den anderen setzt. Aber von der Bettkante zur Toilette, da liegen rund hundert Kilometer. Das überlegt man sich zweimal. Vor allem, wenn man noch in warme Daunen gehüllt ist. Besonders an Sonntagen.

An Sonntagen gibt es für ihn im Grunde genommen keinen einfachen, keinen kaum spürbaren Schritt. Alles fällt ihm schwer, die Füße wollen regelrecht bleiern am Boden haften bleiben – falls sie sich überhaupt irgendwann aus dem Bett oder vom Sofa bemühen. Manchmal schläft er samstagabends dort ein, auf dem kalten Sofa. So spart er sich die schweren Schritte nachts zum Bett und morgens aus dem Bett heraus. Er mag es nur nicht, dass er dadurch nachts vom Fernseher ekelig aus dem Schlaf gerissen wird und im Halbschlaf halbnackte Frauen per Fernbedienung zum Schweigen bringen muss. Nullhundertträumtnicht.

In den Nächten von Samstag auf Sonntag heftet sich besonders viel von der schläfrigen Augenbutter an seine Lider. Das Gemisch aus Tränenflüssigkeit und öligem Schutzfilm, das über Nacht zu körnigem Streusalz wird, lässt sich an diesen Morgen besonders schwerfällig aus den Augen kratzen. Durch den Spiegel im Badezimmer kann er noch nicht sehen, wen er da vor sich hat. Auch nicht nach längerem Ausreiben von Schlaf. Sein Kopf bildet den oberen, das Spülbecken den unteren Teil einer Sanduhr. Schorfige Körner rieseln von oben in die Keramik, doch die Zeit scheint stillzustehen.

Es kommt immer wieder vor, dass er aus dem Nichts heraus bitterlich innerlich lachen muss, wenn er schließlich sonntagmorgens am Küchentisch sitzt. Zwei Brötchen auf seinem Teller – ein helles und ein dunkles –, der Aufschnitt halb liebevoll auf einem Extrateller hergerichtet und das Ei frisch aus dem Kochtopf vor sich hin dampfend im Dreieck zwischen Kaffeetasse, Saftglas und Silberbesteck. Es ist ein gefräßiges Lachen, das ihn erwischt, von dem er sich manchmal wünscht, es würde ihn wirklich innerlich auffressen, so wie es ein Tumor machen kann.

Dann schaut er an seinem Körper hinunter, am leger geöffneten Hemd vorbei über die schwarze Stoffhose bis hin zu seinen Lederschuhen, die er auch an freien Tagen trägt. Er sieht auf seine Schuhe und muss merkwürdig lachen. Innerlich. Bitterlich. Genau so wie er an jedem Sonntag aufs Neue den bitteren Beigeschmack von mit Silberlöffeln gegessenem Ei im Mund spürt und diesen so lange wie möglich aufrechterhält. Er ist sich nicht sicher, welche Bitterkeit es ist, aber eine von beiden löst ihn nach kurzer Zeit endlich auf, wie eine Magnesiumtablette, sodass Tränen denselben Weg hinab finden, den zuvor sein Blick gemacht hat. Rasch abwärts an Hemd und Hose vorbei bis der salzige Tropfen schließlich auf dem blank polierten Schuh zerplatzt, woraufhin er jedes Mal wieder erschrickt und das Bein so kräftig zusammenzuckt, dass der rechte Schuh abfällt und die stählern glänzende Prothese zum Vorschein bringt. In etwa genau so ist ihm das schon oft passiert.

Er steht auf seinem gesunden linken Bein und hüpft einen kurzen Schritt – der Schuh fliegt nie wirklich weit weg –, bis er an sein ledernes Versteck herankommt und seinen Metallfuß darin wieder verbergen kann.

Der bittere Beigeschmack, den er so hartnäckig herbeiführt, währt nie über den ganzen Sonntag. Meist ist er schon direkt nach dem Frühstück wieder weg, hat sich wahrscheinlich unter Brötchen-Kaffee-Ei-Geschmack versteckt. Die Schwerfälligkeit ist immer noch da. Der Abwasch dauert doppelt so lange wie unter der Woche. Beim Müllraustragen fallen sogar die Schritte aus Wohnung und Reihenhaus wieder schwer, die Prothese ist daran unschuldig. Die Straße vor seiner Haustür ist in der Regel kaum befahren. Ein lauschiges Plätzchen der Vorstadt, das man für die Abgeschiedenheit mag. Aber heute fällt ihm die Ruhe auf. Ein älteres Ehepaar läuft in der Ferne den Bürgersteig entlang. Vermutlich auf dem Weg, um der frühen Auferstehung zu preisen. Zu kosten, wie das Leben schmeckt, wenn man ein Frühaufsteher ist, der sich unter der Woche schon am meisten auf den Sonntagmorgen freut.

Den Rest des hellen Tages verbringt er mit Lesen und Fernsehen. Er liest alles, was sein Auge zu fassen bekommt, ganz gleich, ob er die Informationen bereits kennt. 237 ml Kondensmilch enthalten 930 kj pro 100 ml, 6,4 g Eiweiß, 32 g Kohlenhydrate und 7,5 Prozent Fett. 300 ml Flüssigseife hingegen bestehen aus Wasser, Natriumsulfaten, Betainen, Parfum, Ölen und weiteren künstlich erzeugten Mittelchen. Beide sehen sich verblüffend ähnlich, findet er. Das Fernsehprogramm bietet tagsüber mehr Scheußlichkeiten als sonst. Wiederholungen, Filme aus vergangenen Zeiten, ewiggestriges und antiquiertes, günstiges Abspielmaterial, mit Werbeunterbrechungen untergehoben, die den Kontrast zur Gegenwart noch weiter schärfen. Alles, was er sieht, möchte ihn in eine ekelhafte Ruhe versetzen. Ihn reinwaschen und wohlstimmen.

Gegen achtzehn Uhr rafft er sich auf, schreitet mit schleppenden Beinen in die Stadt, um beim Italiener zu Abend zu essen. Selten gibt es etwas anderes als die Quattro Stagioni. Schon nach ihrem ersten Besuch merkte sich der Italiener die Gesichter und die eigenwillige Bestellung. Jeder bekam sein eigenes Stück und alle ein gemeinsames. Alle und ich. »Wir bekommen Dönerfleisch, Mais, Anchovis und saure Peperoni, bitte.« Heute liegt der Teig schon vorbereitet in der runden Aluminiumform. Aus den monatlichen Besuchen sind längst wöchentliche geworden. Auch heute sitzt er am rechteckigen Tisch, der für ihn eigentlich zu groß ist – oben unter dem hohen Fenster. »Schau mal, die Aussicht ist toll, oder nicht?«

Stück um Stück gabelt er in seinen Mund, Viertel für Viertel verschwinden nacheinander, Bissen vermischen sich mit Speichel, entfalten sich breiig, doch er schmeckt sie nicht. Seine Zunge versucht sich an allen Geschmacksrichtungen und scheitert kläglich. Nichts will eine Verbindung zu den Dingen in der Welt schaffen. So verstörend wirkt es, dass er beinahe den Halt im hölzernen Stuhl verliert und in eine andere zu entschwinden droht. Nur der kräuterliche Magenbitter, den er flugs der Pizza hinterherschüttet, hält ihn fest in der urigen Atmosphäre.

Er bleibt nicht lange. Er wechselt nicht mehr als ein paar wenige Worte mit dem Italiener zum Abschied. Das Wetter. Die Politik. Die Wirtschaft. Sport nur zur WM im eigenen Land. Er möchte nicht irgendwelche persönlichen Dinge mitbringen und abgeben, er möchte auch genauso wenig irgendetwas Persönliches wieder mit nach Hause nehmen. Der Pizzabrei ist das Einzige, was er in sich eingepackt hat, wenn man vom schlechten Gewissen absieht.

Der Weg zurück ist immer leichter als der Hinweg. Es dämmert bereits, das Halblicht auf den Straßen erinnert ihn an Montagmorgen, es geht bergauf. Alles macht sich bereit für den Wochenbeginn.

Zurück in seiner Wohnung, streift er die ledernen Schuhe ab, wobei nur der linke wirklich eng am Fuß vorbeistreift, der Rechte ist ohne große Mühe vom kalten Kunstfuß abgeschüttelt. Pünktlich zum Krimi um Viertel nach acht setzt er sich zunächst auf sein Sofa – erst nach einer Weile wirft er die Füße hoch. Aus dem erregten Muskelmaterial wird erst allmählich ein schlaffer, in sich ruhender Fleischhaufen.

Der Fernseher läuft. Die Szenerie ist dunkel angehaucht, vielleicht ist es ein Samstagabend, möglicherweise in einer ländlichen Gegend. Aus einer langen Hofauffahrt düst ein silberner Mittelklassewagen auf die Straße und wird in den nächsten Sekunden auch nicht langsamer. Der Bildschirm fesselt Bild für Bild auf seinen geistigen Schirm. Der Wagen nimmt selbst die undurchsichtigen Kurven in der kleinen Stadt schnittig. Der Fahrer ist nicht zu sehen. Man erwartet einen Mord in den kommenden Minuten. Der Motor heult immer wieder laut auf, als wäre er mit der Rennsituation überfordert. Sein Herz folgt, geht mit ans Limit, rast um jede Kurve und lässt keine Verschnaufpause zu, bis es abrupt stolpern muss.

Schweiß rennt sein Gesicht hinunter. Am ganzen Körper bilden sich dicke Tropfen des salzigen Sekrets. Nur auf der Prothese nicht, die bleibt eiskalt. Er meint kurz, ein schmerzhaftes Zucken durch das dreiundfünfzig Zentimeter lange Metallstück zu spüren, doch es bleibt ein phantomatisierter Schmerz.

Jetzt wirft wiederum er seine Bilder auf den matten Bildschirm. Bilder, die sich geradewegs mit breitem Schritt bis vor sein inneres Auge den Weg freikämpfen. Der Regen. Das Schwarz. Der Crash. Das laute Aufschreien seines eigenen Körpers.

Es braucht mehrere Minuten, bis es wieder geht. Jeder Nerv seines Körpers ist zurück in Aufruhr, nur langsam weichen die Anspannungen einer allmählichen Erschlaffung. Mit der Wolldecke wärmt er seine Beine.

Aber auch nachdem er auf einen anderen Sender umgeschaltet hat, bleibt die Zerrissenheit seines Körpers erhalten, er findet nicht wieder zu sich zurück. Er sucht dort, im Zimmer, das ihn umgibt, sucht in sich nach Halt und nach Lösung gleichermaßen, doch so lang und mühsam wie er auch sucht, er findet mit seinen Augen nur die versteckte Box im Regal, diese elendige staubige Schachtel hinter den Büchern. Er will nicht, muss aufstehen, mit tiefem Stechen im rechten Bein.

Der Deckel der Box wiegt eine Tonne, so viel Staub hat sich seit dem letzten Mal darauf angesammelt. Die Fotos liegen chaotisch darin. Eins nach dem anderen kramt er hervor. Viele Gesichter, die meisten glücklich. Sie – schmiegt sich wohlig an. Strahlende und glänzende Landschaften lassen warme Erinnerungen aufkommen. Er schmeckt das Meer und ihre Unbekümmertheit, erneut bitter im Beigeschmack.

Das letzte Foto. Zögerlich nimmt er es aus der Box, aber sofort entgleitet es ihm wieder. Und auch das schnelle Reagieren hilft ihm nicht. Als winde es sich geschickt hin und her, sodass sein Greifen immer daneben langt, fällt das schon in die Jahre gekommene Foto taumelnd zu Boden. Nur wenige seiner jetzigen Bekannten würden ihn auf dem Foto erkennen. Er selbst sieht sich nun, am Boden liegend, ein strahlendes Lächeln im Arm haltend.

Die schwersten Momente sind gar nicht die ersten, denkt er. Die schlimmsten und schwersten sind diese verfluchten, immer wiederkehrenden. Momente, vor denen man schon genau weiß, dass sie kommen. Momente, in denen er sich unter wütenden Tränen aus diesem nun am Boden liegenden Foto herausreißt, sodass nur noch ein in der Luft schwebendes Lächeln übrig bleibt. Allein in der Luft.

Immer wieder klebte er dieses Stück Foto zurück an seine Stelle, verband immer wieder, was einst zerriss, ließ immer wieder die Box im Regal verstauben und schrieb hin und wieder einen Brief, den er nicht abschicken konnte.

Heute schläft er weder auf dem Sofa noch im kuscheligen Bett im Schlafzimmer. Er muss keine Halbnackten im Halbschlaf wegdrücken. Auch sein rechtes Bein sticht ihn nicht, federleicht scheinen beide zu sein.

Dann kommt der Montag. Der eine Schritt nach dem anderen. Die vier Jahreszeiten. Das Wetter. Die Politik. Die Wirtschaft. Aber kein Sport, nichts Persönliches.

# Joseph Felix Ernst
Dora Diamant

VORREDE: WHAREKAURI

»Franz.«

Kafka stand auf Kies, der wie ein verschlungenes graues Haarband sich über grasige Hügel, Bodenhebungen, ebensolche Senkungen und flaches Gelände, durch die feinsehnigen Rasenflächen um den Wannsee zu einem Weg sich streckte, welcher dem Schein nach, und zwar indem er in vielen Kurven, Krümmungen, Kehrtwenden, Haken und Schlinge, mal um jene Weide, mal durch Birken und Asterwiesen, kleine Einfriedungen und Marter sich flocht, jeglicher Zielstrebigkeit bar erschien und in diesem Wesen mehr als jeglicher Weg davon zeugte, keinem anderen Zweck zu dienen als dem Spazieren. Sohlen aus strammem Rindsleder oder vulkanisiertem Kautschuk quetschten unzählige Löcher, die zwischen Kieselsteinen und Splitt des Pfades den Ausgang unterirdischer Erdameisen-, Transistorkäfer- oder Hundertfüßerbauten bildeten. Unbarmherzig in seinem Lauf deckendes Erdreich unter dem Kies verschiebend trieb Kafkas Schnürschuhsohle Granitsplitter, Lehmversatz und Kalksteinschotter in die Eingangshöhlung eines Ameisenvolkes, während Dora das trockene Knirschen übertönte.

»Du kannst deine Welt nicht an Prag ausrichten. Prag … du kannst es nicht tun, Franz.«

»…«

»Prag, Franz, Prag.«

»Wie Greenwich.«

»Ich bitte dich, Franz, was ist Greenwitch – was hat dieses Greenwitch damit zu tun? Prag, Franz, ich spreche davon, dass du nicht dein ganzes Leben …«

»Greenwich. Paris oder Greenwich. Paris, St. Petersburg, Greenwich. 1884 setzte man für alle Seefahrer dieser Welt den Nullmeridian fest: Er verläuft durch das Observatorium in Greenwich, London. Man definiert Nullpunkte, Dora, Nullpunkte, wonach man beginnt, alles auszurichten. 0°, 2°, 10°, 100° östlicher oder westlicher Länge, ja – aber von Greenwich. Greenwich – Prag. Was macht den Unterschied?«

»Du bist kein Seefahrer, Franz. Du bist kein Kapitän, kein Matrose – du schälst nicht einmal die verfluchten Kartoffeln in der Kombüse.«

»Ich setze meinen Meridian und navigiere, wie es mein Wille ist. Und es ist mein Wille.«

»Aber den Äquator, Franz – den legt niemand fest, dort ist die Mitte eindeutig. Man kann eben nicht verfahren, wie es beliebt, seine Welt auszurichten, wie der Hut steht. Sei kein Idiot. Prag ...«

»... liegt am Äquator. Ich verrücke auch diesen! Und ich rechne, Dora, ich rechne – Prag, Dora. 0° N 0° E – Prag. 0° S 0° W – Prag. Weißt du, was am weitesten entfernt liegt von Prag? Wharekauri im Südpazifik. Eine kleine Inselgruppe, die Māori nennen sie Wharekauri. Mitten im Meer – im größten Ozean der Erde. Wharekauri – Praha. Berlin – Praha, so nah. Ich spüre es in in meinen Gliedern, wenn ich die Finger rühre, werden die Sehnen, die sich durch die Glieder spannen, wie Lampendraht so steif, wie Klumpfüße spür ich es an meinen Beinen hängen. Vielleicht nicht mehr in Wharekauri – je öfter ich es spreche, desto seltsamer wird mir der Klang und desto unwirklicher empfinde ich das Ganze

WharekauriWharekauriWharekauriWharekauriWharekauriWharekauriWharekauriWharekauri. Jetzt verliert es langsam seinen Sinn –

WharekauriWharekauriWharekauriWharekauriWharekauriWharekauriWharekauriWharekauri.

PrahaPrahaPrahaPrahaPrahaPrahaPrahaPrahaPrahaPrahaPrahaPrahaPrahaPraha – ha, hier funktioniert es nicht!

PrahaPrahaPrahaPrahaPrahaPrahaPrahaPrahaPRAHAPRAHAPRAHAPRAHAPRAHAPRAHA!

Nein, hoffnungslos. Wharekauri.«

»Du langweilst mich.«

»Weil ich kein Seefahrer bin und dennoch navigiere – wie ein Dilettant, siech an Skorbut?«

»Und du nicht das Recht dazu hast.«

»WHAREKAURI!«

»Das bereitet dir Vergnügen?«

»Der Kasus ist ein wundersamer! Das Wort hat jegliche Bedeutung

verloren. Ich vernehme lediglich noch die Buchstabenfolgen und den Klang des Ganzen!
   WHAREKAURI!
   WHAREKAURI!«

DER PRINZ VON HOMBURG

KAFKA: *liest.* Nun, O Unsterblichkeit, bist du ganz mein!
DORA: Prinz von Homburg.
KAFKA: Hast du ihn gelesen?
DORA: Nein. Du?
KAFKA: Nein.
DORA: Du liest lieber Doyle.
KAFKA: In der Sonne Napoleons. Nicht Doyle – einfach Doyle, das ist zu viel. Sherlock Holmes lese ich nicht.
DORA: Die Napoleon-Romane.
KAFKA: Nun.
DORA: Du hast Phantomas gelesen.
KAFKA: …
DORA: Hast du Kleist gelesen?
KAFKA: Die heilige Cäcilie.
DORA: Am Spandauer Berg soll ein Lichtspieltheater eröffnen.

NOLI ME TANGERE

Dora stellte fest, wie Kafka abnehmend gewillt war zu sprechen. Im Februar des Jahres wurde sie dieser Veränderung erstmals gewahr; gemeinsam hatten sie sich am Hebräischen versucht, nachdem Kafkas Lungenblutsturz ihm nicht mehr erlaubte, seinem Freund Bergman nach Palästina zu folgen. Zynisch hatte Bergmann sich über Kafkas Sieche zerrissen – Tants, yidelekh, tants! – hatte er gerufen, gelacht, einen Schluck Holunderwein aus dem Glas genommen, den Mund zu breit gemacht, als er das Geschirr an die Lippen setzte – Tants, yidelekh, tants! –, dass Weinperlen aus den Mundwinkeln über die Glaswand rannen, am Boden hängen blieben und sich vereinten; hatte selbige nicht abgewischt, welche darauf beim Abstellen stets als kreisrunder roter Fleck auf dem Tischtuch verblieben. Tants, yidelekh, tants! – als Kafka aufsprang, versuchte den Brustkorb zu strecken, presste, keuchte, der Körper schwer wankte, er links-, mal rechtsfüßig Schritte wechselnd neuen Halt auf dem Parkett zu gelangen suchte, weiter krampfend bellte, die Hand vors hochrote Gesicht schlug und sich ansehen ließ, als würde er bersten. Tants, yidelekh, tants! Im breiten yiddischen Jargon Prags, dabei vor Lachen lauter bellte denn Kafka und Herr Kafka dazu tanzte.

Er hatte aufgehört, hebräisch zu lesen, mit Dora hebräisch zu sprechen, kurz nachdem sie aus ihrer Näherinnenkammer im Waisenhaus Charlottenburg zu ihm nach Berlin-Steglitz in die Vororte gezogen war, somit ihrer elenden Kammer und dem Elend der Inflation entlief, welche den Kern der Stadt wie fiebrige Mumpsbacken kindliche Schädel unerträglich erhitzt hatte. Palästina hatte Bergmann verschlungen, Kafka zurückgelassen und war in unerreichbare Ferne gerückt. Kafka sprach spärlich, leise und erging sich nicht mehr im Hebräischen, was ihm stets ein geringer Abriss vom entfernten Zehennagel Jerusalems, das Bergmann verschlungen hatte, gewesen war. Dies war für Dora das erste Anzeichen, dass die Schwindsucht ihm in den Kehlkopf gestiegen war, an diesem fraß und an Stimmbändern und Rachen so heftig tobte, dass Kafka vermied, viele Worte zu tun.

Ihre Schwester war daran eingegangen, als sie gerade das fünfte Jahr erreicht hatte. »Die Motten«, hatte es der Arzt genannt.

»Die Motten. Das wievielte hat es jetzt?«

»Das Fünfte, grade eben – über Schewat war's das Fünfte.«

»Wie heißt's denn?«

»Doina heißt's.«

»Das Fünfte. Noch eins schafft es nicht, ich sag's euch, noch eins schafft es nicht.«

Kafka trieb es immer in die Ferne, was sein marodes Gerüst ihm jedoch verwehrte. Es war einer jener besseren Tage, wie Dora es nannte, als das hitzige Fieber nachließ, so auch im März, als er um sieben Uhr aufgestanden war, seine linke Hand an die Stirn presste, wenig Hitzigkeit dabei empfand und den Wunsch äußerte, sich im grünen Ring um den Wannsee zu ergehen, dabei en passant Kleists Grab aufzusuchen.

Knapp 100 Pfund Kafka verharrten schließlich vor einer kleinen Einfriedung unweit des Gewässers, welche einen brusthohen Marmormonolith und neben selbigem eine windschiefe Steinplatte fasste. Kafka besah sich drei Lidschläge lang den Monolith, der Kleists Namen trug, und zitierte, was darunter geschrieben stand.
»Nun, O Unsterblichkeit, bist du ganz mein!«
»Prinz von Homburg.«
Weder Dora noch Kafka hatte den Prinz von Homburg gelesen, doch man kannte das Zitat, man kannte das Werk und man kannte im Allgemeinen Kleist. Kafka trieb mit dem Daumennagel der rechten Hand Schmutz, der sich unter dem Nagel des linken Zeigefingers gesammelt hatte, als er unter einer Ulme am Wannseeufer sitzend in Gedanken mit diesem über die von Flechten und Moos überzogene Rinde des Baumes kratzte, unter jenem hervor. Was Kafka in letzter Zeit gelesen hatte, waren Napoleon-Romane. Napoleon, der nun in einem dunkelroten riesenhaften Marmorsarkophag im Invalidendom zu Grabe lag.
»Am Spandauer Berg soll ein Lichtspieltheater eröffnen.«
»Die Wahrheit ist, dass mir auf Erden nicht zu helfen war.«
»…«
»Die Wahrheit ist, dass mir auf Erden nicht zu helfen war. Der letzte Satz aus Kleistens Abschiedsbrief. Man sollte den Homburg vom Stein rasieren und besser diesen Satz an seine Stelle setzen.«
Während Kafka sprach, wurde Dora gewahr, was auf dem kleinen windschiefen Stein, der links neben Kleists Monolith schräg auf der Erde lehnte, geschrieben stand.
»Henriette Vogel.«
»Was?«
»Die jämmerliche Platte hier daneben, Franz – Henriette Vogel.«
»Hat sich mit Kleist hier erschossen.«
»Die Platte ist klein. Sehr klein – kleiner noch neben dem großen Kleist.«
»Man bildet keine Denkmäler für einen Niemand. Makulatur.«
»Makulatur.«
»Gehen wir.«
»Du hast ein Loch im Ärmel, Franz, dort – nein doch – dort, am Frack.«
»Motten.«

»Wie hässlich. Wir kaufen Mottenpapier auf dem Nachhauseweg.«
»Motten – ja, Mottenpapier.«
»Haben wir noch Brot?«

ZOOLOGISCHE VORLESUNG AN DER
UNIVERSITÄT ST. PETERSBURG 1832

Die Tineidae, sprich Motten, sind eine Familie der Lepidoptera, sprich Schmetterlinge. Die Tineidae stellen die Krüppel unter allen Familien der Schmetterlinge dar und sind desolat; die Tineidae haben verfranste Flügel und missgebildete, verkrümmte Saugrüssel – sie haben sich von den Nektarsammlern zu parasitären Fehlformen umgebildet. Deren Raupen verbringen ihr Leben in Gespinströhren. In nämlichen Gespinströhren findet später die Verpuppung statt. Im russischen Raum sind etwa 90 Arten vertreten. Die Tineidae gliedern sich wiederum in folgende Unterfamilien: Die Myrmecozelinae, die Meesiinae, die Dryadaulinae, die Scardiinae, die Nemapogoinae, die desolateste Unterfamilie aller – die Tineinae, die Hieroxestinae, die Euplocaminae und die Teichobiinae.

Am bekanntesten ist die Tineola bisselliella, sprich Kleidermotte, der Unterfamilie der Tineinae zugehörig. In der freien Natur ernährt sich die Tineola bisselliella von Vogelfedern und Tierhaaren, aus welchen in Form von Schafswolle ebenso unsere Kleidungsstücke bestehen.

An der vorliegenden Zeichnung der Tineola bisselliella erkennt man deutlich den verkrümmten Proboscis, sprich Saugrüssel, Labium, Labrum, die übergroßen Komplexaugen, überstark behaarte Labialpalpen, die überlangen Fühler mit verkrümmter Fühlerkeule und Fühlerschaft an der Wurzel. Der Kopfschild ist stark behaart. Flügelgeäder sind stark degeneriert, Vorderflügel ausgefranst, Hinterflügel spärlich vorhanden.

In trockenen Wohnräumen oder dunklen Schränken lebt die Tineola bisselliella. Das gesunde Weibchen legt 120 bis 280 Eier pro Wurf und dies in bis zu drei Chargen im Jahr. Die Eier werden in gepolsterten Möbeln, schafswollhaltigen Textilien, Pelzen wie Nerz oder Fuchs und Federwäsche abgelegt. Die Eier finden sich demnach in Teppichen, Kleidungsstücken, Vorhängen und

Betten – wie auch in Tierpräparaten. An jenen Nährstoffen nagen, beißen, fressen, zehren Made wie adultes Insekt der Tineola bisselliella und verheeren, was nicht vor ihnen geschützt wird.

SCHACH

weiß: Dora Diamant _____ : _____ schwarz: Franz Kafka

1. e2-e4 c7-c5 2. Sg1-f3 d7-d6 3. Lf1-b5† Sb8-d7 4. 0-0 Sg8-f6 5. Sb1-c3 e7-e5 6. D2-d3 a7-a6 7. Lb5-a4 b7-b5 8. La4-b3 Lf8-e7 9. Sc3-d5 c5-c4 10. d3xc4 Sf6-e4 11. Sf3-d4 a6-a5 12. a2-a4 h7-h5 13. Sd4-c6 g7-g5 14. Sc6xd8 b5-b4 15. Sd8-c6 Le7-d8 16. Dd1-f3 Sd7-c5 17. Sd5-b6 d6-d5 18. Sb6xa8 d5-d4 19. Sc6-e5 f7-f5 20. Se5-g6 g5-g4 21. Df3-g3 Se4xg3 22. h2xg3 Th8-g8 23. Sg6-e5 Lc8-e6 24. c2-c3 Sc5xb3 25. Ta1-b1 b4xc3 26. Lc1-f4 Sb3-c5 27. Se5-c6 c3-c2 28. Tb1-c1 Sc5-a4 29. Tc1xc2 d4-d3 30. Tc2-d2 Le6xc4 31. b2-b3 Lc4-d5 32. Td2xd3 Ld5xc6 33. Td3-e3† Ke8-f7 34. Lf4-c7 Ld8-g5 35. Te3-e5 Lc6xa8 36. Te5xf5† Kf7-g6 37. Tf5-e5 Sa4-c3 38. 38. f2-f4 Lg5-f6 39. f4-f5† Kg6-g5 40. Te5-e6 Tg8-f8 41. Lc7-f4† Kg5xf5 42. Tf1-c1 Lf6-d4† 43. Kg1-h2 Kf5xe6 44. Tc1-e1† La8-e4 45. Lf4-e3 Ke6-d5 46. Le3-h6 Tf8f2 47. Lh6-e3 Tf2xg2† 48. Kh2-h1 Tg2-e2† 49. Kh1-g1 Ld4xe3† 50. Kg1-f1 Le4-g2‡

HANG 'EM HIGH

Dora hatte, als sie im Frühjahr bei einem Ausflug an den Wannsee Kleists Grab besucht hatten, einen Feldstein auch auf die Marmortafel Henriette Vogels legen wollen. Kafka bückte sich nach einem runden Sandstein, der in der Mitte durchgebrochen war, im Schnitt eine Handfläche breit, und setzte ihn mit der glatten Bruchkante auf die Stirn des Kleistmonolithen. Dora hatte sich nach zwei Steinen gebückt, legte einen in die Reihe der Kleistkiesel und versuchte vergebens, für den anderen aus ordinärem Kalk Halt auf der kleinen windschiefen Platte Henriette Vogels zu finden.

Nun lag Kafka im Sanatorium Kierling und verreckte in Raten. Immer, wenn Dora ihn besuchte, war er mehr und mehr in weiße baumwollene Sanatoriumsbettwäsche gewickelt. Beim ersten Besuch saß er auf der Bettkante, bei ihrem zweiten Besuch hatte er ein Laken um die Beine geschlungen, bei ihrem dritten Besuch hatte er sich eine Federdecke bis zum Brustkorb hochgeschlagen. Als Kafka plötzlich hatte husten und würgen müssen, zwängte er seine Handfläche gegen den Mund, rieb diesen blank, indem er die Hand langsam und fest an Haut und Lippen gepresst zur Seite zog, und wischte die Schmirage an das hochweiße Baumwolllaken, wobei die tiefer liegende mittige Kuhle der Mittelhand das straff gespannte Laken nicht berührte und somit ein kreisrunder roter Fleck auf dem Stoff zurückblieb. Als Dora dies bemerkte, musste sie an Bergmann denken, den Jerusalem verschlungen hatte, an Palästina, an Hebräisch und an Kafka, der aufgehört hatte, Hebräisch zu sprechen. Die Schwindsucht war ihm in den Kehlkopf gestiegen, hatte gefressen wie die Motten und feinteilig zerlegt wie ein Uhrmacher.

Kurz bevor Kafka in das Sanatorium Kierling kam und noch in einem Sanatorium in Welschtirol gelegen hatte, war Brod öfter zur Visite erschienen. »Du schreibst lange nicht mehr«, hatte er ihm vorgeworfen, »Seiten über Seiten – fünf Tagbücher voll – nur Napoleon. Was schreibst du über Napoleon – nur für dich. Napoleon, Napoleon, Napoleon. Scheiße – Franz – Bonaparte! Fünf Tagebücher!« Brod hatte geschrien, laut geschrien – Kafka wollte schreien – Kafka bellte nur. »Wenn du reden willst, bellst du – wenn du schreiben willst, schreibst du deine Kladden voll über Bonaparte. Was ist das für ein Schwanengesang?« Brod war wütend gegangen, war wieder gekommen, hatte Kafka Vorwürfe gemacht. Kafka bellte, hustete, kläffte, ging ein – über die nächsten Monate – Stück für Stück verschwand er, stetig kläffend wie ein Hund.

»Da gibt's nicht mehr viel zu tun. Die Tuberkulose hat lange gebraucht, um den Tod aus dem Flöz zu schaben – ganze sieben Jahre – nun scheint es bald so weit zu sein. Linderung, das ist alles – Linderung. Ausgezehrt ist er – so kann nicht operiert werden. Ich spritze Morphin gegen den Schmerz und Codein für die

Lunge. Mehr kann man nicht tun.« So wurde Kafka nach dem Sanatorium Kierling gebracht, nicht zur neuen Hoffnung – auch dort konnte man kein verrottendes Stück Fleisch operieren –, zur Ablagerung, wie Räucherschinken, bis er endlich trocken war und verräumt werden konnte.

Kafka bekam ein Zimmer im ersten Stock, dessen Fenster in den kleinen niederösterreichischen Luftkurort Kierling wies, wo er stets in Umschläge und Federbett gewickelt lag, wie ein infantiles Kind in seinen Windeln. Dora verbrachte beinahe alle Tage bei ihm, ohne dass ihr die Zeit lang wurde, dachte an Bergmann, dachte an Palästina, und war sie in der Stadt und tätigte Einkäufe, so dachte sie an Kafka, den die Schwindsucht verschlungen hatte. Kafka sprach nicht mehr Hebräisch, Kafka schrieb seine Tagebücher nicht mehr voll mit dem Leben Napoleons.

Dr. Klopstock trat zu Dora an Kafkas Krankenbett.

»Sie wollten noch Besorgungen in der Stadt machen? Haben Sie in Ihrem Appartement die Motten? Sie wollten Mottenpapier kaufen?«

»Meine rote Bluse hat ein Loch am Kragen – an der Kehle. Hinten wäre es ja nicht so schlimm, da wären die Haare drüber …«

»Nun, wäre es Ihnen unangenehm, diesen Gang gleich zu tun? Ich hätte einen Brief, der müsste zur Post – wenn Sie das für mich erledigen könnten?«

»Einen Brief? Natürlich.«

Dora hatte Halt gemacht an einem Blumenladen.

»Zehn Tulpen – nein – von den gelben.«

»Fräulein Diamant – schnell – kommen Sie mit.«

Das Stubenmädchen hastete durch die Tür zum Blumenladen, war außer Atem, erklärte nichts – Dora folgte.

»Franz, sieh mal die schönen Blumen, riech mal!«

AUS DEM TAGEBUCH EINER KRANKENSCHWESTER

3. Juni 1924, Kierling

… deshalb traf Kafka mit Klopstock die Abmachung, Dora Diamant fortzuschicken, um davon befreit zu sein, mitzuerleben, wie er einging, nachdem er ihr in einem Anflug von Sentimentalität zugesichert hatte, sie dürfe mit ihm gemeinsam sterben. Als Dr. Klopstock also bemerkte, dass Kafkas Leben keine halbe Stunde mehr andauern sollte, so schickte er Fräulein Diamant mit einem Brief zur Post, wie es der Wunsch des Dahinsiechenden gewesen war. Als Kafka die Unmittelbarkeit seines Todes allerdings in vollem Umfang begriff, so bekam er es mit der Angst, schrie und tobte in heller Panik, man möge ihm Dora schicken, da er die Einsamkeit im Tode fürchte. Ich schickte ihr das Stubenmädchen – die Post war wenige Minuten entfernt – mit der Mahnung zu größter Eile hinterher. Wenige Minuten darauf stand Dora Diamant mit einem Strauß gelber Tulpen im Zimmer. Kafka war unterdessen bereits unter dem Verlust seiner sämtlichen Sinne. »Franz, sieh mal die schönen Blumen, riech mal!«, rief Fräulein Diamant. Der entrückte Sterbende richtete sich daraufhin ein einziges Mal noch auf, vergrub sein Gesicht wankend und ziellos in dem Bund von gelben Tulpen, zog tief Luft ein, als genösse er, und öffnete unter größten Mühen sein linkes Auge – nicht mehr als fünf Haar breit. Auge und sich öffnende Hände waren in diesem Augenblick, da er nicht mehr sprechen konnte, so beredt, als wären sie wieder vollkommen lebendig. Daraufhin ankerte er, in seine Kissen zurückfallend, endgültig im Tod.

»WER KANN DA LUSTIG SEYN, WENNS EINEM AN DEN KRAGEN GEHT«, ANTWORTETE DIE KATZE

Als Dora – es hatte einen Winter verschneit seit Kafkas Ableben – die Motten losgeworden war, sich am Ufer des Wannsees erging und des Wegs en passant die kleine Einfriedung bemerkte, so war es ihr angesichts dessen, wie schäbig der Stein Henriette Vogels neben dem Kleist-Monolithen zwergenhaft kaum das Laub des Vorherbstes überragte – so war es ihr wohl, dass Kafka verschieden war und sie, so sie später eines benötigte, ein eigenes Grabmal bekommen sollte; sie legte ganze drei Kiesel auf die Stirn des Kleistschen Steins und warf dem Henriette Vogels einen geringschätzenden Blick zu.

Dora Diamant ab.
Vorhang.

Menu

Geschätzte Leser,
nach der Vorstellung servieren wir
französische Macarons
in den puristischen Farben Resedagrün, Mint und Florentiner Rot.

Philipp Günzel
Gedichte

bakunin-consulting

1

in etwa ferien auf sakrosankt
und doch etwas mehr kauern
vorm geflirr, vor den ich-botschaften ex-
exterritorial, was ein selbstgänger ist
ungleich dem automobil, das recht eselig
gesehen, seine eigene ökonomie nicht
anspringen lässt

also für fortgeschrittene, recht proxy bitte
in diesem und
         nächsten vers, davon erzählt
dass ich mich noch nie so schön nicht
wiedererkannt habe, auf entwederoder
europaletten oderauch in spinden neben
fehlender dienstwaffe, zitate wie: du bist
pfadabhängig

         kam ein attaché herbei und
         stellte der zerwühlung nach was
         muss das für ein algorithmus

sein, mich glauben macht infinitiv hier bereits
zur stelle gewesen, zu; bei einer transportablen
grundsteinlegung, *das aufklappen eines laptops*
im stammcafé der frau kamptschik

2

sich von der eigenen tortenschlacht nicht
dumm machen lassen, während eines virtuellen
sit-ins, auch von den *minnegesängen
der konditionierung,* der konditorei gegenüber
wie du weißt – und übrigens gut, dassde hier bist –
heißt es doch bei stalin bis derrida, die welt
sei unendlich komplex, darkroom digest
stilistisch halte ich daher die einnahme von zucker
für etwas privates

rückblick: salzkruste, die ich mir in vorauseilendem gehorsam
    drauf schaffte
es war an der zeit die mal abplatzen zu lassen
und eine regelrechte tortenuhr, dann aber spuren
wie elemente in einem *büro für einen unitären
urbanismus,* suggeriert mir der genosse heißt
jetzt genuss und meint das gegenteil davon
oder kunst & pfusch am bau zu gleichen teilen

3

gesundschrumpfen wird irgendwann ungesund
ich wollte dir mit der gelatine den kopf
vom rumpf
        trennen, fand aber kopf wie rumpf
nicht und so wisse, was uns eint ist zugleich
was uns trennt
herrschaften, gebt mir ein dialektisches zeichen
gebt mir bindestriche und wenn beten
dann mit dem arsch in richtung marktsegment

was solls, »es war ihm nicht eigentlich genug«
wieder kauern vor einem ganzen jargon
mit reiswaffeln, bei einem molièrecocktail dann
verpuffung: wie eine kuh wenns donnert
so wars dann auch pardon, können nicht sitzen
bleiben, mindestverzehren, kaltschnauzt's und
überhaupt, was hinter vorgehaltener- & unter
der hand an mitgebrachtem weggestopft
da kippt mein auge in der milch gleich um

superkalifragi-müde-von-der-exegese

4

das reizgas ist ein guter jahrgang
schlecht getretene erwartungen, um dem gebiet
seinen inhalt vorzuhalten, dessen unaussprechlicher
name mit seiner giftigkeit korreliert
dixit aktenzeichen xy undeleuze, was nicht ganz
der wahrheit entspricht

> **exkurs**
> idylle ist, was der bauer aufs feld bringt
> wenn durch einen hund sich ein ganzes dorf
> seinen stammtisch bellt und das geräusch
> der festplatte, meinen hang zur natur antizirpt

also in wofür stehst du erzählen, im gewimmel
bis zum hals in pheremonen, die hoffnung
verbeatnickt zu werden und willst du noch was
wissen, ich habe meinen lokalpatriotismus
auf 2 ½ zimmer eingekocht und morgen
ziehe ich um

5
wer vom wetter schreibt kann einpacken
ich schüttle hände, massen von händen
es sind meine, frostschutzmittel
in einem biologisch ganzheitlichen konzept
das ist robust, das ist ein bisschen kropotkin
gegen seine liebhaber verteidigt, denn
schlimmer als ausgebeutet zu werden
ist nur, nicht ausgebeutet zu werden
ja, wenn du den guten willen herausziehst
bekommst du die kälte gratis, das dickt
den tausch ein
          und ich auf der hebebühne
hydraulischer feldherrenhügel, unter mir
zieht sich DNA-struktur hoch
sie haben fehlkauf, ein algorithmen-kaninchen
kehrt mein auge um: ein pool kann eine familie
oder ein amüsement sein, »es gibt nichts
harmloses mehr«

6
3537 zeichen gefällt das

über die haptik von cut-up texten

1
        «am i alive?» fucks freud to death; sorry, wrong culture
                                         – BRUCE ANDREWS –

schrägstrich wir sind durch. *zack* [sic], *1 schnitt,
schon hast'e/die gegend* auf termin gelegt. intervall
oder auch schründe sich auftun, die -heit -keit & -ungs
abhanden, dem demiurg wird schwummrig zumute
am besten ich geh noch mal raus & fang noch mal an
doppelter schrägstrich sich verorten heißt das, jetzt in
connecticut sich der handkante bewusst werden/aorta
konfetti. wir hatten uns doch schrägstrich verabredet
24 bilder pro popcorn, 2 karamellorientierte maschinen
verkleben den *clean, well-lighted place,* um dann mit
gliedmaßen nach wahl den tresen zu besondern
die quarantäne zieht weiter ... als dann der rosenverkäufer
reinplatzt & alle zur schrägstrich kommunikation zwingt
sich einer herausbricht: *a rose is a rose is a*/scissorhand
edward, die schnipsel photogeshopperter insassen
gefangene ihrer eigenen ... ihrer eigenen ... (hier verstummt
die zeile, die sonst mit oben erwähntem in widersprüche
gerät/text neigt dazu) also flüchten mit unregistriertem
taxi/nimm das nachtcafé dort, unschräge ~~vögel~~ *buchten
sich ein und aus,* die schnittstelle eines verlustig gegangenen
panopticons. es ist ja so: die zelle fährt & draußen
die popcorn-maschine, hat duchamp entworfen. er winkt
ab & zu, schwer zu erkennen gegen den *clean, well-lighted*
scherenschnitt. wie hier alle köpfe gegen die wand mantschen
hätte nicht übellust *sniffing some glue*/glühe über-ich, glühe
ich sagte ja, die zelle fährt. beim allabendlichen schattenspiel
macht jemand fickzeichen, die kannste nicht einfach
wegassoziieren

2

was macht die list der vernunft – sie holt tief luft
höchstmaß an nacktheit; apnoe als kritik der reinen farbe
puterrot & hinterrücks container sudden umschnall, aber
was ist survival-rucksack & was nicht? das herumlungern
der krawatte, die keinen anzug kennt, eine ungleiche raute
als krawall an der gurgel. flimmern, rascheln ggf. beiträge
zum spektakel in gesellschaft von geometrisch gestutztem/
die baumverzückungen überdacht; der regen macht miese sonst
dem bewässerungssystem einen strich durch die rechnung
pisst etwas besser als waldmeister-limonade aufgrund
eines falschen vokals in dem wir sitzen & nicht wissen wie
es unsere münder zu formen gilt. kein kautschuk, nein, nur
dass unsere gefräßigkeit lobenswert ist, beim abnicken
der sätze & irren zu gefüllten pappbechern; sparkling invaders
mit rollkoffer plus extra sauerstoff have just arrived. puristen,
betäubt aus cincinatti, sinnzer-/trümmt. ist das die architektonische
tendenz zur falschen aufhebung der stadt? fliegt auch schon
die erste frisbee. jawohl, der dialog ist bewaffnet, luftröhren-
schnitte. voll am tranchieren dran, puterrot/bluter tot
weil da ein durchgang, weil da ... warum befinden wir uns jetzt
auf dem weg zum discount? jemand hatte zwei flaschen
schnaps im empfangsbereich ausgeschüttet & behauptet
wir wären keine figuren in einem bildungsroman. damit ist
der offizielle teil beendet. während unserer abwesenheit
– ein wort das der endunghalber erwähnt werden muss –
a phenomenon called herumgeräume, aus taktilen gründen
muss etwas vorstellig werden: hier mein souverän, tummelt
sich auf messen, tütet ein; kugelschreiber, goodies, nippt am latte
machiavelli & zitiert aus dem knigge für fürsten. gesättigt hinaus
auf die veranda, so sagt man doch den mond vergleichen
mit einer non-leathal weapon bzw. einer aspirin-tablette
ist noch etwas? ja, wir begehen einen kapitalen fehler
photographieren das buffet, verwackeln aber

3

eine autokinetische rutsch-mutti \ metropole aus
unkontrolliertem anbau / phonisches mehl, haltbar
keitsdatum siehe unter branchenüblichen wolken
die leuchtreklame der guerilla durchrollen
you might expect lustig bunte punkte. erstickter laser
der mund die wunde des alphabets *entbrennte* es
blixa bargeld derweil schrott dreschen, ein-
röten, er-bläuen im windschatten der einkaufswagen
die qualitätsrampe geisterfahren. von daher
k o m p l e t t e v e r s s p e r r u n g i n z e i l e z e h n
pneuma punkte abwandern vom muttermund
in den untergrund. *gentlemen, it was first suggested*
that we take our own image and examine how it could
be made more portable; daraus wird eine elektronische
fußfessel, voll am kratzen dran, keine big raushole
alles ist -laktisch & dialektik funktioniert: gegen jesuiten
helfen jakobiner. liquidieren, flüssiger knüppel, stock-im-
arsch-anästhesist, letzte verwaltete luft raus schnipsen
dead fingers talk vielmehr, es sarkophagt. ich gehe
proseccoüberströmt zu boden & in die verlängerung
glad to have you aboard reader, but remember there is
only one captain of this subway sagst du so zu sagen:
unterwegs / -holz, seuchenlandschaft deutscher wald
kritische zimmerei: *bei vielen menschen ist es bereits*
eine unverschämtheit, wenn sie tisch sagen. darauf ein
raschlen, verrisse gar der antimachiavell rupft servietten
spender, dreilagiges perlhuhn erquickt, den
männergesangsverein beim zaubertrick frauzersägen /
eichendorff-aufgemöbelter leib, ihm zu rücken
im gefolge tupfer, jede menge gerupfter tupfer. wenn
der text stürbe, flockte er aus, pappmaché stürbeteig
geht dann schnell; über die hektik des hut-ab setzens
danke quantum finger, du keimst nunmehr jetzt tipp
die nase, wollen olfaktorisch aktivieren, denn dieser knopf
setzt alles auf werkeinstellung zurück

... daß das ich nicht herr sei in seinem eigenen haus
— SIGMUND FREUD —

Johanna Hemkentokrax
Ausschüttung

»Vati, du liegst ja schon wieder.«

Die Tochter steht in der Tür und schüttelt den Kopf. Du drückst das letzte bisschen Luft aus der Brust und schließt die Augen. Ganz langsam. Damit sie sieht, wie schwer das ist, so kurz vorm Sterben. »Du sollst nicht so viel liegen, sagt der Arzt.« Aus den Augenwinkeln beobachtest du, wie sie abwartet, seufzt, dann die Stubentür hinter sich zuzieht. Zurück in der Küche schimpft sie mit dem Schwiegersohn. Du liegst eben gern. Na und? Am liebsten nach dem Essen, denn um zwei scheint die Sonne direkt auf das Sofa, macht die Muskeln im Körper beweglich und nimmt ganz allmählich den Schmerz aus dem steifen Arm. Mit diesen alten Knochen ist schon lange nichts mehr los. Ja, diese Hände zittern, und wer hätte gedacht, dass du die Füße einmal so hinter dir her schleppen musst, sie von Zeit zu Zeit sogar ganz aus den Augen verlierst. Dann geht das große Zittern los.

Man hört dich schon von Weitem. Schlurfend, schniefend, leise schimpfend auf die Knochen und das Alter. Am Schlimmsten ist aber die Nase. Die läuft immer schneller; ganz im Gegensatz zum Herz, das nur noch widerwillig Flüssigkeit transportiert. Es gibt sich Mühe, unbedingt. Überschlägt sich beim Versuch, dich am Laufen zu halten. Wenn du dich samstags aus der Badewanne hievst. Die halbe Treppe zum Zeitungskasten hinuntersteigst. Dich zu den Büchern in der Schrankwand streckst. Wenn du die Nase hochziehst und die Tochter dich anfährt, »Jetzt ist aber gut, Vati«. Dann macht das Herz einen Satz, und der Rhythmus, den es jahrelang ganz von allein geschlagen hat, ist dahin. In den letzten Wochen macht auch der Arm wieder Probleme. Seit jenem Morgen im Frühling konntest du ihn zwar nie mehr richtig bewegen, hast ihn aber wenigstens kaum gespürt. Jetzt tut er immerzu weh, ein ewiges Ziehen und Zerren, das in den ganzen Körper drängt.

»Das Röntgenbild zeigt keinen Entzündungsprozess und auf der Haut sieht man auch nichts«, sagt der junge Arzt.

»Siehst du, Vati?« Die Tochter lächelt und nimmt ihm das Rezept für die Herztabletten aus der Hand. »Wer rastet, der rostet.« Der Doktor hat keine Ahnung. Sein Röntgengerät ist blind für das, was sich zwischen den Knochen tut. Der Schmerz im Arm kommt nicht von außen, sondern von innen, bahnt sich durch Fleisch und Haut den Weg hinaus ins Freie. Auf dem Sofa liegend reibst du mit dem Zeigefinger über die Stelle, bis das Fleisch darunter warm wird. Du hast die Zeitung längst überflogen, und jetzt bleibt dir nichts als der Verdauungsprozess, das Ticken der Uhr und das Glucksen im Magen. Du schließt die Augen, wartest auf die Schatten, den Schlaf und auf Martha. Die sitzt manchmal noch auf dem Zaun, Apfelkerne spuckend, im schmucken roten Kleid, wenn Tanz in der Gaststätte ist. Heute fährst du auf dem Motorrad vorbei. Bis ins Dorf hättest du auch laufen können, aber die Adler schnurrt so schön und glänzt frisch poliert. Du nimmst eine Hand vom Lenker, tippst dir an die Mütze. Martha winkt, und dir wird so warm in den Wangen, dass du einen Schlenker machst und den Kutscher in der Toreinfahrt nur um ein Haar verfehlst. Er springt aus dem Weg, du rufst laut »Exkusmoa!«, damit Martha es hört. Der Kutscher, ein junger Kerl von höchstens zwanzig, nimmt die Mütze vom Kopf, »Dankschon«, und wedelt sich den Staub aus dem Gesicht.

»Vati, kann ich dir was bringen?« Die Tochter steckt den Kopf zur Stubentür herein.

»Der Arm«, murmelst du, verschluckst dich am Schleim aus den Bronchien, hustest, zeigst auf die betreffende Stelle. »Vati, der Arzt hat gesagt, dass da nichts ist.« Die Tochter kommt widerwillig ins Zimmer. In der Hand hält sie ein Geschirrtuch. »Du darfst nicht dran denken. Dann geht es auch weg.« Sie hält dich für schwachsinnig. Erzählst du von Martha, sagt sie: »Mutti ist tot.« Sprichst du vom Hof, heißt es: »Der ist verkauft.« Auch dein Französisch nimmt sie nicht ernst. Der Kutscher ist Franzose. Ihr tauscht bei der Arbeit. *Siwuplä, Märsibukur* gegen *Dankschon. Einen Tanz, bitte.* Der Russe kennt *Arbeiten, Arbeiten, zack, zack.* Du traust ihm nicht. Hast ihn erwischt, wie er auf dem Heuboden herumlag. Lächelnd, einen Strohhalm kauend. Du hast nichts gegen die Russen. Dostojewski und Tolstoj gefallen dir gut. Dieser Russe kennt nicht mal ihre Namen. *Untermen-*

schen, sagt man im Dorf. Aber unter dem Menschen ist ja bloß das Tier.

»Vati, warum wirfst du die Apfelkerne immer unter das Bett?« Die Tochter glaubt nicht an Dinge, die sie nicht sieht. Der Schwiegersohn hält sich deshalb die Zeitung vors Gesicht. Das Letzte, was du von ihm siehst, wird die Sonntagsfrage sein. Sie warten beide auf deinen Tod. Sind bereit, die Scheine aus den Büchern zu ziehen, die du dort für schlechte Zeiten versteckst. Bereit, Ordnung zu schaffen und den Sperrmüll zu rufen. Die Marken dafür hast du gestern in der Küche gefunden. Sie schleichen auch nachts um das neue Bett. Es hat Stäbe und eine klappbare Seite. Wenn die Tochter dir aufhilft, ist das wie ausgeschüttet werden. Klapp die Seite auf. Klapp sie runter. Körper rutscht, fällt. Das fühlt sich an wie – »Vorsichtig, Vati, langsam. Das Bein zuerst. Ja, so ist gut. Und jetzt das andere. Schön langsam« –, fühlt sich an als ob's zum Letzten geht und das Rutschen und Fallen gar kein Ende mehr nimmt.

»Zähl runter von drei», sagst du. Konrad zögert, geht noch drei Schritte zurück. Tut so, als müsse er nachsehen, ob mit der Pistole alles in Ordnung ist. Fährt mit dem Daumen über den Abzug, dreht die Waffe nach links und rechts. Der Wind trägt das dumpfe Grollen der Detonationen zu euch herüber. Klingt wie Gewitter, ist aber keins. Deine Fersen sinken ins feuchte Moos. Der Boden ist weich, schwierig, hier einen guten Stand zu finden, am Ende des Wäldchens beginnt schon das Moor. Es riecht nach feuchter Erde und frischem Grün. Seit zwei Wochen bringt der Westwind diesen Frühlingsgeruch. Zu Hause haben sie bestimmt schon mit der Aussaat begonnen. Hier wachsen am Fuß der Birken erst die Krokusse, lugen Knospen aus den Büschen. Ein kühler Wind streicht dir durchs Haar, jagt dir einen Schauer über den Rücken. Vielleicht ist es Kälte, vielleicht auch die Angst. Wieder Detonationen. »Mach schon«, sagst du, »schnell«, und streckst den Arm weit vom Körper. »Runter von drei.« Konrad hebt die Pistole mit der rechten Hand, greift sich mit der anderen um das Handgelenk, kneift ein Auge zusammen. »Mensch, zitter nicht so.« Er lässt die Waffe sinken. Er will nicht schießen. Du willst nicht getroffen werden. Ein Kraftakt ist das, nicht dabei zu zittern, wenn man schießt und getroffen wird, obwohl man gar nicht will. Nicht einfach, den Arm so weit vom Körper zu strecken und diese Hand, die zittert verdammt noch mal doch automatisch, als wolle sie die Kugel vom Arm ablenken. Hand oder Arm? Wer muss herhalten, damit du heil hier rauskommst, bevor es noch weiter in den Osten geht, wo es gar keinen Frühling mehr gibt – keine Krokusse, keine Knospen, nur Kälte und Tod und Russen, die Dostojewski nicht kennen. Hand oder Arm? Einer muss herhalten für das große Ganze. Mit etwas Glück trifft Konrad weder Muskel noch Gelenk. Dann wird der Arm noch zu gebrauchen sein. Sich zum Beispiel beim Tanz um Marthas Taille legen können oder die Adler lenken, die zu Hause in der Scheune auf dich wartet. Dafür muss die Kugel den Knochen aber sauber durchschlagen. »Kriegst du das hin? Kriegst du das wirklich hin?«, fragst du. »Mensch, quatsch nicht so viel, sonst geht's noch daneben.« Konrad presst die Lippen zusammen, hebt die Pistole ein zweites Mal. Die Hand so ruhig, da kann gar nichts schief gehen. So sah er auch letzte Woche aus, als ihr die beiden Russen aus dem Erdloch an die Wand gestellt habt. »Von drei also runter?«, fragst du. Heute Nacht haben sie wieder am Bett gerüttelt. Ihre bleichen Gesichter tauchten zuerst am Fußende auf. Mit den eingefallenen Wangen erinnerten sie dich an Hundertjährige, dabei sind sie in eurem Alter gewesen, vielleicht noch jünger. Ihre schwarzen Augen waren weit aufgerissen und sie trugen noch dieselben Fetzen wie an diesem Frühlingsmorgen an der Hütte im Wald, hinter der ihr das Erdloch gefunden habt. Sie waren zornig. Einer hat dich am Fuß gepackt und seine dürren Finger waren so kalt – das ging dir durch Mark und Bein. »Konrad, wo bist du?«, hast du geschrien, aber sie haben bloß gekichert und so heftig am Bett gerüttelt, dass du fast ausgeschüttet worden bist. »Arbeiten, arbeiten, zack, zack«, hast du gebrüllt, das verstehen Russen, die Dostojewski nicht kennen, aber dann stand die Tochter mitten im Zimmer. »Vati, hast du eine Ahnung, wie spät es ist?« Du wolltest sagen, dass die Russen nicht lockerlassen. Aber die Tochter hat bloß mit dem Kopf geschüttelt und gefragt, ob du auch wirklich nicht zur Toilette musst. Nein, du hast ganz andere Probleme. Aus den Schatten im Zimmer wachsen nämlich die Russen im Wald, der Franzose auf dem Kutschbock, Konrad, der die Waffe auf dich richtet, und Martha auf dem Zaun im Sommer, lange vor dem großen Feuer. Sie schieben sich übereinander, verschwimmen. Der Franzose zieht die Mütze. Martha spuckt Apfelkerne, wirft das Gehäuse unter das Bett. Der Russe stützt sich auf seine Mistgabel, kaut auf dem Strohhalm, lächelt stumm in sich hinein. Gerade hast du den Feldbefehl bekommen. *Siwuplä. Einen Tanz, bitte.* Die Tochter klappert in der Küche mit dem Abwasch. Du bekommst eine Gänsehaut. Vor Kälte vielleicht, vielleicht auch vor Angst.

Konrads Finger legen sich um den Abzug. Wieder trägt der Wind Gefechtslärm herüber. Diesmal ist es Artillerie. Du streckst den Arm, spannst die Muskeln an, flüsterst: »Drei.« Gleich ist es soweit. Die Russen haben schon keine Angst mehr im Blick, als sie da vor der Hütte an der Wand stehen. Die wissen, was los ist. Wissen's genau. Ihre Augen richten sich auf einen Punkt über euch. Weder Tränen, noch Zorn, noch Angst. Nur Leere und Warten. Der Kommandant zählt runter. »Drei.«

Konrad hebt die Waffe, spannt den Hahn. Das Klicken geht dir durch Mark und Bein. Die Russen verkrampfen die Kiefer. Einer zittert, hebt langsam die Hände. »Zwei«, sagt der Kommandant. Aus den Augenwinkeln beobachtest du Konrad. Er wird auf das Herz zielen. Bei der Stirn kann's passieren, dass bloß ein Stück Schädel wegfliegt und so ein Herz will eben weiterschlagen. Pumpt immer noch Blut rein und raus, auch wenn der Kopf längst kaputt ist. »Schnell muss es gehen«, hat Konrad gesagt, »wenn du gut bist, zielst du aufs Herz. Da sitzt die Angst.« Wie beim Schlachten, denkst du. Aber da geht's am besten ins Genick. Dein Mund ist trocken und die Zunge klebt am Gaumen. Der andere Russe keucht. Murmelt etwas in der Sprache, die du nicht verstehst. Auf seiner Hose bildet sich ein dunkler Fleck. »Eins«, sagt der Kommandant.

»Drei«, sagst du noch mal. Der ganze Körper ist zum Zerreißen gespannt. Du darfst auf keinen Fall zittern, musst die Spannung halten. Konrad ist der beste Schütze, auf ihn ist Verlass. »Zwei.« Jetzt zittert sogar deine Stimme. »Halt endlich die Klappe«, sagt Konrad. Du presst die Augen zusammen. Hörst den Wind und das Donnern der Panzer. In dieser gottverlassenen Gegend kennt niemand Dostojewski. Nein, mit offenen Augen geht es besser. Aber nicht in die Mündung sehen. Sieh Konrad ins Gesicht. Denk an was Schönes. Denk an Martha. Denk dran, bevor du eins sagst. Martha, wie sie auf dem Zaun sitzt und einen Apfel isst. Stell dir die frisch polierte Adler in der Scheune vor. Ja, gut so.

Denk an das Motorengeräusch und – Ein hohles Krachen hält den Wind an, etwas schlägt von Innen aus dem Arm heraus, sprengt den Knochen, bahnt sich durch Fleisch und Haut den Weg hinaus ins Freie. *Siwuplä, einen Tanz.* Die Körper der Russen rutschen an der Hüttenwand zu Boden. *Bitte,* heißt das. *Einen Tanz, bitte.* War ganz schnell vorbei. Die haben nicht lange gelitten. Du stolperst, schreist, schmeckst Apfel und Eisen im Mund. Siehst die Kronen der Bäume von unten, darüber den Himmel. Konrad, der Panik im Blick hat. Die Mütze ist ihm vom Kopf gerutscht. Er greift neben dich, dreht den Arm vorsichtig hin und her. »Sieht gut aus«, sagt er. Ach ja, der Arm. Der tut gar nicht weh. »War's das schon?«, fragst du, verschluckst ein paar Buchstaben dabei, würgst. Die Bäume, der Wald und Konrads Gesicht verschwimmen, der ganze Körper gerät in Bewegung, fällt, obwohl du schon liegst. »Nicht ohnmächtig werden, hörst du?« Das Letzte, was du siehst, ist Konrads Gesicht. Ein Gespenstergesicht, eingefallen, mit hohlen Wangen und Augen, die durch dich hindurchsehen.

»Horch!« Da steht jemand hinter der Stubentür. Du erkennst die Umrisse hinter dem Milchglas, weißt, dass es der Russe ist. Er schleicht im Flur auf und ab. Der Arm schmerzt, wenn er in der Nähe ist. »Konrad, bist du hier?«, fragst du laut. Aber da sind nur das Ticken der Uhr und dein lahmes Herz, das sich weiter quält. Konrad ist nicht zurückgekommen. Konrad hat's erwischt. »Vati, brauchst du noch was?« Der Russe verstellt die Stimme. Er will das große Feuer legen, alles niederbrennen, losschlagen, sobald die Front da ist. Wird sich Martha schnappen oder die Adler, wahrscheinlich beide – du kennst die Geschichten. Du duckst dich unter das Stubenfenster. Martha kauert hinter dem Sessel, das Gesicht schwarz vom Ruß. Du nimmst ihre Hand, ziehst sie unter das Fenster. Vom Feld kommt ein dumpfes Dröhnen, dann folgt der Einschlag. Martha schreit, als der Boden unter euren Füßen vibriert. Im Dorf heulen Sirenen. Das war dicht dran. »Vati, geht es dir gut?«, fragt die Stimme des Russen im Flur. Schwarzer Qualm dringt durch das Fenster, beißt in den Augen. Du hältst dir die Hand vor den Mund, versuchst, draußen etwas zu erkennen. Siehst nur das helle Lodern der Ställe. Hörst, wie die Tiere schreien. Wie sie sich in den Boxen hin- und herwerfen, als die Flammen näher kommen. Martha packt dich am Arm, und die Berührung lässt den Schmerz auflodern. Feuer unter der Haut. Feuer, das sich durch den Körper frisst, durch das Dach in die Stube, die Ställe, zur Scheune, das Heu dort erfasst, sich den Weg zur Adler bahnt. Wie es an den Reifen züngelt, sie in Sekunden schmilzt. Wie der Tank explodiert. Die Scheune auseinanderreißt. Wie der Russe vor der Stubentür innehält. Kichert. Mit heller Stimme »Vati!« ruft. Martha ringt nach Luft, presst dir das Blut aus den Fingern. »Vati, mach die Tür auf!« Der Russe rüttelt an der Klinke. Gegenüber stürzt das Stalldach ein. »Sieh nur!«, flüstert Martha. Ein Pferd galoppiert über den Hof, Schweif und Mähne in Flammen. Es verschwindet in der Dunkelheit, weg von Feuer und Rauch. »Martha, lauf erst, wenn ich's sage.« Der nächste Einschlag lässt das Haus erzittern, sprengt das Fenster über euch in tausend Scherben. »Siwuplä!«, ruft der Russe. Glas regnet auf euch herab. Funkelnd, glitzernd, ihr reißt die Arme über die Köpfe. Das alles geschieht in Sekunden. Oben im Dachstuhl hörst du es Ächzen, Knacken, Knistern. »Hörst du das auch?« – »Was ist das?« Ein Geräusch, als würde über euch etwas ins Rutschen kommen, ausgeschüttet werden. Körper, Steine und Holz geraten in Bewegung. Erst langsam dann immer schneller. Vor der Stubentür hebt Dostojewski die Axt. Der erste Balken bricht durch die Decke. »Raus, durch das Fenster.«

Stefan Köglberger
Lichter

(Romanauszug)

Aus Kapitel I: Fernlicht

Seine Ankunft und seine Worte lösten das große Erstaunen aus. Mein Erstaunen. Entgegen der Behauptung, dass am Anfang Licht war, gestehe ich, weil ich es nunmehr besser weiß, freimütig: Am Anbeginn stand ganz allein Erstaunen. Das der zunächst unwahrscheinlich anmutenden, jedoch glaubwürdig vermittelten Geschichte eines Mordes galt, von der mir da jemand, einer, den ich gut kannte, zu kennen geglaubt hatte, kündete. Dass er sich versteckt halten wolle, hier bei mir, wo niemand etwas vermute, nicht einmal mich, weil alles hier so seltsam einsam sei. Ließ ich gewähren? Ich, der ich gerade die Äpfel einsammelte, die zu ebener Erde lagen, die der Baum nicht mehr tragen wollte, weil sein Jahr zur Neige ging, er sich verabschieden wollte, so bald als möglich. Immer derselbe Apfelbaum zuerst, dieser faule Hund. Stand im Garten, ungewiss, Äpfel klaubend, als ich ihn wie einen Begleiter der Dämmerung heranfahren sah, wie eh und je: dürr, mit kurzem schwarzem Haar und den Gesichtszügen eines Jungen, tadellose Rasur. Wovon er mir sprach, ohne mit der Tür ins Haus zu fallen, da wir uns im Garten aufhielten, schien mir auf Anhieb stoffgeschichtlich interessant. Die Folge der Eignung zum Stoff: Enthaltung des Urteils, Betonung des Nebensächlichen, Umschau nach Perspektiven, Beachtung zeitlicher Abfolge, vor allem andren aber Neugierde. Eher Neugier, weil näher an der Gier. Im Zaum halten. Alles an einem selbst im Zaum halten, eine allererste Tugend: Sei immer ungerecht gegen deine Affekte. Zumindest nach außen hin. Mein erstes Gebot. Und so ließ ich ab von ihm, der mit so hilfesuchender Miene neben mir auf und ab ging, sammelte meine Äpfel ein, langsamer noch als zuvor, schlich arbeitsam um den Baum, mehrmals, ließ ihn zappeln wie den Fisch an der Angel, bequemte mich, jeden einzelnen Apfel haargenau auf seine Genießbarkeit zu prüfen, scharrte schwarze

Stellen ab, begutachtete, ob sich Wurmlöcher fanden, oftmals neben dem Stiel, putzte jeden einzelnen blitzblank, brachte zwei oder drei oder vier – wer bin ich, dass ich alles ganz getreu wiedergeben könnte? – vor sein Auge zur Begutachtung. Doch meine Ernte war ihm nur Gleichgültigkeit. Die kannte ich. Wie sie alle kennen. Wie sich die Welt gleichgültig gegen alles verhält. Elender Apfelbaum! Du fauler Hund! Sieh deine Brüder, die alle tragen und tragen und sich abmühen und leben wollen! Nur du, früher immer schon du und auch heute noch du, drückst dich vor der Arbeit und wünschst dir den Tod! Elender! Anders aber jetzt: Geduld besaß er nicht, sodass mein Spiel dann doch glückte, er mir den Unterschlupf abnahm, was er auch koste, und ich meinen Preis unverhohlen und aufs Gerade rausrückte: Dass er mir alles erzähle, alles, was ich wissen wolle von dieser seltsam-ungeheuren Begebenheit! Dass er wieder verschwinde, wenn ich nichts mehr zu fragen wünsche, dass, derweil er mir alles erzähle, er mir nicht den Tag kaputt mache, alle meine Dinge mit ausführe und nicht nörgle, sondern bloß erzähle. Und wir kannten uns von Langem her, sodass er den Nachdruck meiner Worte wohl zu deuten wusste, demnach nicht dumm blieb und Bescheid hatte davon, was ihn erwartete. So begann's, er reichte mir die Hand und bezog sein Zimmer; was weiß ich, was er den Abend noch tat.

Unrast ließ mich keinen Schlaf finden, das weiß ich sehr wohl noch. Und so streifte ich meinen Mantel über und verließ das trotzdem bewohnte Haus, in dem er vielleicht schlummerte, vielleicht weinte, vielleicht stumm zur Decke blickend im Bett lag und sich Gedanken machte, vielleicht onanierte, vielleicht ein Lied summte, vielleicht sein Testament schrieb – woher soll ich das wissen? Schritt entschlossen zum Gartentor hinaus und weiter auf dem Feldweg, gewahrte die sternklare Nacht, sommerwarm. Vom Vollmond hell erleuchtet, war der Wagen gut zu sehen, sein Wagen, des Unvorsichtigen, der sich doch verbergen wollte, Asyl suchte, gar ein *absolvo te* erstrebte? Das allfällige Gezirpe: Es wird auch zur Gewohnheit, scheint zur Nacht zu gehören, immer verborgenen Ursprungs. Dann setzte ich mich in Bewegung, nahm guten Schritt auf, machte keine Umschweife, ließ keinen Gedanken zu und glitt den Feldweg entlang bis zur Straße, ein gutes Stück weit auf dieser noch, bis das Zirpen endete, was den

Beginn des Dorfes bezeugte. Auf der Stelle verharrte ich, dem Erstummen der Grillen wie einem pawlowschen Reflex gehorchend, suchte übermütig einen Stern zu fassen, was mir nicht gelang, begann mich ungeregt zu fragen, was ich hier anfing, des Nachts, so knapp am Dorf. Da sah ich eine Eule mich erspähen, die Weise: Die wusste wohl damals schon von allem Trug, musterte mich deswegen minutenlang, fragte mit ihrem Blick, ob ich gar ein Idiot sei. Dass sie sich nicht zu mir gesellte, sondern starr hocken blieb in der Baumkrone zu meiner Seite, verdrießt mich heute gleich wie ehedem. Dann fielen die Umstände auf mich zurück, weckten Gedanken: Dass einer gekommen war, den ich längst verloren glaubte, dass er von einem Toten erzählt hatte, dass er meine Hilfe brauche, dass ich Zuflucht geben müsse, dass er mir keinen Ärger machen wolle, dass üble Burschen ihm drohten, dass er sich in unsichres Fahrwasser begeben hätte, dass ich ihm verpflichtet sei, dass er mir alles erzählen wolle, dass er mir, nur mir noch trauen könne, dass alles verloren sei, gäbe ich keine Wohnstatt, dass ich endlich aufhören solle, die Äpfel einzuklauben, dass das Haus in erbärmlichem Zustand sei, dass er sich durch eine Liebe zugrunde gerichtet habe, dass er nichts dafür gekonnt hätte, dass der Tote es keineswegs anders verdient gehabt hätte, dass die Polizei keine Fährte hätte, andre aber sehr wohl, dass Vorsicht geboten sei, dass ich nicht besonders gut aussehe, dass er wirklich dringend meine Hilfe brauche und dass ich um Himmels willen endlich mit dem Äpfelklauben aufhören solle! Unversehens spürte ich den weichen Feldweg unter meinen Füßen, die Straße lag wieder hinter mir. Die Neugier loderte mit einem Mal regelrecht auf, sodass ich den Feldweg nicht zu Ende ging, mich querfeldein – wie hieß er noch: Springinsfeld, genau! – stürzte, dem Hause entgegen, ihn zu wecken, sofort seine Schuld einzulösen. Die Hand an der Klinke zügelte ich mich, nahm hochehrwürdige Miene an, betrat das Haus, blickte den stolzen Herrn im Spiegel an, die erlauchte Grimasse: Sie allein verbot mir, sein Zimmer zu stürmen. Und so wehrte ich meiner Neugier, tat dennoch nicht bald ein Auge zu, erst spät, da sich die Sonne schon zu zeigen begann.

    Langer Schlaf ist meine Sache nicht, und so erhob ich mich bald. Schon mit dem geübten Augenaufschlag schob sich sein Bild vor meine Augen samt seiner Mordgeschichte. Doch da musste noch Kaffee aufgesetzt, eine Semmel fingerbreit mit Butter beschmiert, das verfluchte Pensum geschrieben werden. Dann noch Lesen, was den gewöhnlichen Vormittag für sich beanspruchte, alles andre ausschloss. Und so ruhten wir dann auch frühstückend einander gegenüber, mit Worten karg, er seinesteils, weil er wohl auf Zeit spielte, sich so lang als möglich bei mir zu bergen, ich, weil ich nicht beginnen wollte, was ich ohnehin nach meiner Semmel wieder brachliegen lassen musste. Da schmatzte er mir ins Gesicht und ich ihm. Bei allem aber war doch eine geschulte Verbundenheit, welche wir uns, so wie's aussah, aufbewahrt hatten. Bei dieser Gelegenheit: Ich sollte ihn einmal aufsuchen, erforschen, ob dem anhaltend so ist. Übereilt etwas zu beginnen, wohl wissend, es nicht an ein Ende bringen zu können, das widerstrebt mir von je her. Das sollte ich erwähnen. Mein zweites Gebot: Führe nur aus, wozu dir genügend Zeit bleibt. Und so grinsten wir uns schal an, sattsam starrten wir in unsre bekannten Gesichter. Absichtlich sekkierte er mich, der meine Unruhe wohl spürte, mit Beiläufigkeiten: Ob ich ihm die Butter reichen könne? Ob ich diese von einem Bauern habe? Sie schmecke so speziell. Ob ich missmutig sei heute morgen, da ich mich so bedeckt halte, so wenig spreche? Wohin er seinen Wagen fahren solle, wo dieser gut verborgen sei? Wann wir anfangen wollen mit unsrer Unterredung, besser gesagt: mit dem von mir ihm abgetrotzten Bericht? Was ich für gewöhnlich vormittags mache? – Mit alledem bedrängte er mich, lauerte dabei wie eine Wildkatze, dass ich die Beherrschung verliere, mich nicht zurücknehmen könne und mit einem Satz auf die versprochene und seinerseits verbürgte Geschichte anspringe. Den Gefallen freilich tat ich ihm nicht, blieb von ausgesuchter Höflichkeit, sittsam sozusagen. Und holte daraufhin mein Buch, goss Kaffee nach, las. Wohin er sich schlich, nachdem er mir eine Zeit ruhsam zur Seite gewesen war? Darüber kann ich nicht sichre Auskunft erteilen. Denkbar, dass er den involvierten Wagen wegfuhr.

Dann der erste Vormittag, da ich noch von Peter Schlemihls Schatten und eingehändigtem Säckel zu lesen hatte, ein Buch, das ich erst jetzt richtig erfasst habe, wofür ich ihm vielleicht Dank schulde. Später der Mittag desselben Tages, wofür ich uns Apfelstrudel buk. Ich schreibe nachmittags. Mein drittes Gebot:

Schaffe dir einen fest gefügten Tag und begehe keine Ausnahmen. Und daher schrieb ich des Nachmittags, nichts Bedeutendes freilich, gehaltloses Zeugs, das ich beim Wiederlesen schon nicht mehr verdauen mochte. Schob's in die Schreibtischschublade, die schon überquillt. Währenddessen ging er wohl draußen umher, zwischen den wild gewachsenen Apfelbäumen, las auch, dessen bin ich gewiss, ein wenig: Ich betrachtete ihn, Minuten nur und verschämt, da er, Entspannung bloß heuchelnd, in der Hängematte ruhte. Auch weiß ich, dass er Kaffee trank, was er mir anbot, ich aber ganz generell verbot, für verboten erklärte, mich zu stören, ihn erinnerte, das Verhandelte zu achten, nicht vertragsbrüchig zu werden und ihn ausjagte, mit der leeren Kaffeetasse in Händen. Irgendwie schaffte er es aber doch, der gewitzte Menschenkenner, ertappte ich ihn doch auf der Gartenbank, im Schatten Kaffee trinkend und rauchend. Ich sprach ihm nicht davon, ließ es gut sein, gefiel mir in der Rolle als Duldender gar wohl und beschloss das große Thema des Duldens für Zukünftiges, Späteres zu notieren. Nachdem die Turmuhr des unweiten, ungeliebten Dorfes dann allerdings fünf schlug, maß ich mir nicht an, mich zu belügen und gestand mir ein, dass dieses Schlagen Anfang und Ziel eines Tages gewesen war, denen nur meine innere Disziplin entgegengehalten hatte, was mich ein wenig, ein kleines Wenig stolz auf mich werden ließ. Das Einläuten der Kirchglocken, jeder Schlag der Funfe ausnehmend lang tönend, dumpf und schwer gleichermaßen. Ich erinnere mit bedachter Vorsicht mich den Bleistift auf den Tisch legen, mein Heft schließen, den Sessel ein gutes Stück zurückrücken, Weißwein aus dem Kühlschrank holen, ihn entschlossen auf den Tisch stellen, zwei Gläser heranschaffen, mich dabei wiederum mahnen, nicht in nervöse Aufruhr zu geraten, meine Miene im Spiegel betrachten, ein passendes, ruhiges Gesicht auswählen, das meine Neugier verbirgt, mich schleppenden Ganges nach draußen begeben, Umschau halten, wo Simon steckt, ihn nicht erspähen und in Ärger darüber geraten, den ganzen Garten absuchen, hinter Bäume und Sträucher blicken, angstvoll-angestrengt den Horizont abmessen, entstehende Schweißperlen auf meiner Stirn fühlen, keine deutende Spur erlangen, wütend die Haustür zuschlagen, ein Glas Weißwein eingießen, es mit einem Zug leeren, ein neues eingießen, mich setzen und, ungeduldiger Untertan meiner Neugier, wartend verharren, einem Hungernden, dem eine versprochne Mahlzeit vorenthalten wird, gleich.

Ob's wahrhaft nur eine Stunde war, die ich wartete, wie er mir späterhin leutselig versicherte, kann ich nicht mit Bestimmtheit sagen: Der Wein war schuld und Orff, den ich mir lautstark zuführte. So zwinkerte er mir zu beim Eintreten, als wenn nichts geschehen wäre, und ich, der ich halb besoffen ihn anglotzte, lobte nur die Tadellosigkeit seiner Rasur. »Ich war im Dorf. Besorgungen machen. Du wohnst hier sehr abgeschieden, die Leute kennen dich kaum. Dabei ist's ein nettes Völkchen hier oben.« Nur glotzen konnt' ich noch, was jedoch ihn ungehindert fortfahren ließ: »Hast du denn keine Freunde hier gefunden? – Das ist doch nicht möglich. Wie lange bist du jetzt hier? Fünf Jahre? Sechs? – Was! Schon das siebte. Erstaunlich. Und in all der Zeit hast du dir keinen Freund gefunden? – Unmöglich. Aber was es nicht alles gibt. – Sie sagen, du seiest selten dort, und wenn doch, dann nur wegen Dingen, für die sie dich dann ohnehin zumeist in die Stadt weiterverweisen müssten. Ich habe den Eindruck, ein paar denken, du seiest nicht ganz richtig im Kopf.«

»Hohlköpfe sind sie, nichts als Hohlköpfe allesamt!«, rief ich aus, »aber sie sind mir gleich. Alle, alle sind sie mir gleich!«

Sein Schmunzeln, es widerte mich an, seine unerschütterliche Selbstherrlichkeit, mit der er weitersprach: »Du bist zu hart zu ihnen. Du warst immer schon zu hart zu den Menschen. Auch zu jenen, denen du verpflichtet gewesen wärst.« Ich fuhr dem Lümmel, der er war, dazwischen: »Kümmere dich um deine Sachen und erteile nicht vorschnelle Ratschläge. Löse dein Versprechen ein oder geh und sieh zu, ob du nicht in deinem geliebten Dorf Unterkunft findest.« Und dann wollte er sich ein Glas eingießen, sah mich verdutzt an, weil die Flasche leer war, und sagte: »Erinnern ist schon ein seltsamer Vorgang. Was man nicht denken möchte, erinnert man einfach nicht. Vermutlich eine Art psychologischer Sicherung, eine Waffe der Natur, ein biologischer Schutzschild.« Ruppig stellte ich ihm eine frische Flasche vor. Unzweifelhaft war das auf mich gemünzt gewesen, weshalb ich mein Glas griff, ihm den Alkohol, um den es schade war, ins Gesicht schüttete. Aber wer bin ich, dass ich alles verzeihen soll? – Schenkte mir dann selbst nach. Hernach kam kurzes Schweigen, wie aufgespart. Gemächlich füllte er sein Glas, nahm einen großen Schluck, entzündete sich eine Zigarette. Während all dem tropfte ihm Wein vom Kinn.

Sein ekelhaftes Stottern der Kinderjahre, davon gab's nichts mehr zu hören. Ich war aber in Kenntnis darüber, sprach's an, angriffslustig jetzt und nicht ohne Schadenfreude, wie ich gestehe. »Na und!«, ereiferte er sich sogleich, »hab ich eben früher mal, vor zwanzig Jahren gestottert! Wen interessiert das heute noch?« Da schien er außer sich. Ich für mein Teil triumphierte. Antwort gab ich nicht. Ins Haar griff er sich, als suchte er etwas, mit der ihm eigentümlichen Unbeherrschtheit, beließ die Hand dort, posierte wie ein Äffchen, das sich den Kopf kratzt, entlockte mir ein Schmunzeln, dem nunmehr Betrunkenen. Ob der Kachelofen funktionstüchtig sei, das schöne Stück, wollte er wissen. Ein Nicken meinerseits gab ihm Auskunft. Dann begutachtete er die Ofenbank aus hellem Holz, warf sich darauf nieder und erbat sich, ich möge ihm den Wein geben. Was daraufhin geschah: In die Küche schritt ich, bereitete Abendbrot, ließ Orff wieder erklingen, lauter noch als vorhin, trank zwei Schnäpse in der Speisekammer, klandestin, schnitt dunkles Brot auf, brachte Schinken und Käse aufs Teller, legte ein gekochtes Ei hinzu, Salami auch und Paprika, dann noch eine Tomate, oder zwei – das weiß ich nicht mehr –, tat Pfeffer, Salz an seinen Platz, häutete noch eine Zwiebel, die immer schon geliebt, nahm mir vor, Grass zu lesen, wiederzulesen, trug dann alles an den Tisch, an dem er sich auch wieder eingefunden, mit unterlegenem Gesichtsausdruck. Dass ich Halt suchte an einem Stuhlknauf, während ich dastand und in Erfahrung brachte, ob er noch mehr wünsche, er gewahrte es glaube ich nicht. Später aßen wir, drehten Orff wieder ab, weil ich mir verbiete, ihn als laue Hintergrundmusik zu gebrauchen, sein Genie zu erniedrigen. Doch eines blieb: Dass wir uns nicht mehr viel zu erzählen hatten, außer eben seine Geschichte, die noch immer nicht begonnene. Mitunter trafen sich unsre Augen beim Essen, jäh den Blick niederschlagen weiß ich mich noch in solchen Momenten. Er räumte ab, makellos. Elegant in seinen Bewegungen, geschult möglicherweise, mit sichrem Griff und rascher Handhabe. Womöglich war er irgendwann Kellner gewesen.

Minuten später saßen wir uns wieder gegenüber. Heute noch

weiß ich's, es kam ganz abrupt über mich, während eines Wimpernschlags, wie ich meine: Ich sei jener aus Ithaka, der krude Erzähler aber mein Telemach. Dann ein zweites Zwinkern, das Verwirrung machte, ja Verwechslung offen legte, weil ich doch weiß, wie er heißt, der aus Ithaka: der Allfremde; doch ich war nicht überall fremd. Schließlich saßen wir in meiner Stube, glotzten uns unter meinem Dach an, in meiner Behausung, und er, er war's, der herumlungerte, der Asyl mir abnötigte, er war's: der Allfremde. Drittes Zwinkern: Umgekehrt musst's liegen, ich: Telemach, er: Odysseus!, woraufhin alle Ordnung zerbirst, nichts mehr Sinn ergab. Freilich war er kein guter Beobachter, niemals einer gewesen, sodass ihm ein Wimpernschlag, ein zweiter, ein dritter eben nichts waren als Wimpernschläge, bloße biologische Regungen. Drum räusperte er sich nur kurz, wie wenn nichts geschehen wäre, und dann begann er endlich mit seiner Geschichte.

Anja Kootz
Im Rauschen des Wassers
(Romananfang)

Seen-Prolog

Es ist das launenhafte Wasser der Seen, das dem mecklenburgischen Binnenland seinen Rhythmus gibt. Die Seen herrschen über das Licht, das sich über die Kleinstädte legt und die Farben der Häuserfassaden immer aufs Neue mischt. Das Wasser ist es auch, das die Erfahrungen der Menschen lenkt. Es regiert über Glück und Not, über die Liebe, die Verluste und den Tod. Die Töne und Geräusche in den Städten und Dörfern trägt es aus der Ferne heran. Mal hüllt das Wasser das Leben ins Rauschen der Fernzüge, mal in das dumpf dröhnende Signal der Ausflugsdampfer, dann wieder in die Schreie der Kraniche. An anderen Tagen verhängt es ein großes Schweigen, das so eisig und still ist wie die gefrorenen Oberflächen der Seen in strengen Wintern, ein andermal so sanft und zart wie ein zu Ende gehender Spätsommerabend, an dem die Wasservögel ihre Schnabel für die Nachtruhe in ihr Federkleid schieben.

Um den mecklenburgischen Stadtkern der Kleinstadt Waren an der Müritz schmiegen sich zwei dieser Seen. Die Müritz von Süden her, der Tiefwarensee im Nordosten. Sie geben dem kleinstädtischen Leben ihren Rhythmus. Ohne ihre Seen, die miteinander um die Gunst der Einheimischen und der Besucher konkurrieren, ist diese Stadt nicht denkbar. Sie, die Müritz, schiebt sich über einhundert Quadratkilometer weit vom Warener Stadtkern an Rapsfeldern und Mooren entlang in die mecklenburgische Landschaft hinein. Er, der Tiefwarensee, dagegen ist mit seinen knapp zwei Quadratkilometern ein Winzling. Die einzige Ähnlichkeit, die sich zwischen beiden erkennen lässt, ist die ihrer Form, in der sie von der letzten Eiszeit zurückgelassen wurden. Wie ähnlich sie sich in ihrer Gestalt sind, kann feststellen, wer eine Landkarte der Gegend zur Hand nimmt. Aus einem großen, behäbigen Bauch streckt sich ein schmaler Hals, der einen kleinen wachen

Kopf trägt. Hielte die Innenstadt sie nicht voneinander fern, gerieten sie mit den Köpfen aneinander.

Die Müritz ist eine Diva. Ihr launisches Gemüt haucht der Kleinstadt ihr tägliches Leben ein. Mal glitzert sie zart und gleißend, nur um kurz darauf brodelnd und rauschend ihre Wellen- und Schaumkämme zu zeigen. Unter dem Rauschen des Windes werden ihre Töne grau und wild. Es trägt sich an stürmischen Herbsttagen bis in jeden Fachwerkwinkel der Innenstadt. Ungezähmt, ja sogar unzähmbar wird ihr Wasser. Liegt ihre Oberfläche jedoch still und spiegelnd, kommt das Leben auf ihr und um sie herum zu einer bezaubernden Ruhe.

Wer als Besucher nach Waren kommt, will das kleine Meer sehen, wie die Müritz auch genannt wird, und deren wahre Größe vom Stadthafen aus kaum erahnbar ist. Als Besucher kommt, wer ein Gefühl von Weite erleben will, wer im Wind die Krängung des eigenen Segelbootes neu ausloten und sich das schäumende Spritzwasser aus dem Gesicht wischen will. Kommt vielleicht auch, um sich und anderen zu beweisen, dass die Gefahr, die von einem See ausgeht, allemal zu bezwingen ist.

Die Müritz gibt sich groß und wild, und auch ihr Geruch ähnelt dem des Meeres. Man möchte meinen, es liege ein Hauch von Salz in der Luft, der sich jedoch einem geologischen oder chemischen Nachweis entzieht.

Ganz wie am Meer auch friert im Winter die Wasseroberfläche der Müritz in Wellen zu. Die Sommersonne hingegen heizt das Wasser geschwind auf. Wer sich schwimmend in die Wellen begibt, kann sich bereits im April von ihrem sommerwarmen, weichen Wasser in Geborgenheit hüllen lassen.

Auch der Einheimische mischt sich immer öfter unter die Schlenderer an der gepflasterten Uferpromenade, deren Hafencafés zu Eisbechern und kühlem Bier einladen. In diesen Augenblicken unterscheidet er sich kaum von den Fremden und ist geneigt, den Geruch von Räucherfisch, der sich mit dem Geschnatter der Vögel mischt, für den natürlichen Wasserlauf der Dinge zu halten.

Das Feminine der Müritz, an das ihr Name denken lässt, versucht jedermann ergründen, der sich ihr nähert. Die Müritz ist weder Mädchen noch Frau, am ehesten ist sie Weib. Sie packt zu, ist nicht zimperlich und schluckt schon mal einen Angler oder einen tollkühnen Segler, der ihre Launenhaftigkeit unterschätzt. Was das Zarte dieser Riesin ist, erschließt sich nur dem, der Geduld und selbst Zartheit mitbringt. Die Suche wird demjenigen belohnt, der sich ihrem Rhythmus ganz ergibt, sich vollkommen auf sie einlässt. Wer nicht kommt, um sich und ihr etwas zu beweisen, dem zeigt sie sich strahlend und schön, offen und verlässlich. Und dennoch bleibt sie unnahbar und rätselhaft. Sie verlangt Hingabe. Wer versucht, sie zu bezwingen, dem sagt sie den Kampf an. Auch der Einheimische, der die Launen der Müritz bereits kennt wie die eines engen Verwandten, kann doch nicht anders, als immer wieder von ihr überrascht zu sein. Auch er muss das Zarte jedes Mal aufs Neue erobern. Er sucht die Uferstellen auf, von denen aus keine Motorengeräusche von schnellen Booten die natürliche Gleichmäßigkeit der ans Ufer schlagenden Wellen stören. Er wird in den Nischen fündig, in denen sich kurz nach Sonnenaufgang ein faschingsbunter Eisvogel blitzschnell von einem Zweig ins Wasser stürzt und einen Fisch oder eine Kaulquappe erbeutet.

Ganz anders der viel kleinere Tiefwarensee. Er schluckt die Strahlen der Sommersonne, die sich in der Tiefe des Sees verlieren und das Wasser von Mai bis September kaum um ein halbes Grad erwärmen. Sein Wasser bleibt kalt und klar. Auch am Ende des Sommers hat es kaum Wärme der Sommersonne aufgenommen. Wer hier lebt, schätzt die zurückhaltende Art des Tiefwarensees, die der mecklenburgischen Seele so angemessen wie vertraut ist. Am liebsten stellt er seine spiegelglatte Oberfläche zur Schau, auf der er die Strahlen der Sonne und ganz früh am Morgen die Fische tanzen lässt. Am Abend steckt sich der westliche Horizont die rote Sonne in die Tasche. Hin und wieder stellt der See unter Beweis, dass auch er voller Leben ist. In Strudeln sammelt er sein Wasser, er bäumt sich auf und verlangt beinahe für einen Fluss ja einen Strom gehalten zu werden.

Je nach Jahreszeit wechselt der Geruch des Seewassers. Im Sommer drängt sich das Süßliche der Algen auf, die den See dunkel, beinahe schwarz einfärben.

Im Herbst riecht er melancholisch nach dem Ende des Sommers und aller Lebendigkeit, die noch nicht vollends weichen mag. Ein eigenwilliger Geruch steigt dann vom Grund auf. Eine

Mischung aus eisig kalter, jedoch abgestandener Luft umströmt die Uferwege.

Verhalten klare kalte Gerüche steigen im Winter aus dem Eis auf, die eine Reinheit vorgeben, die der Frühling als Lüge enttarnen wird. In den ersten Tagen des Frühjahrs nämlich riecht der See geradezu abstoßend. Wenn die Natur um ihn herum beginnt, die schönsten und angenehmsten aller Düfte zu verteilen, steigen mit dem Schmelzen des Eises die toten Fische und Krebse an die Oberfläche, spülen leblos an die Ufernischen des Sees und treiben zwischen den Baumwurzeln. Das abgestandene Wasser füllt nach dem langen Frost seine Lungen neu und kommt erst allmählich wieder in Bewegung, um mit der Frühjahrsstimmung der Bäume und Sträucher mitzuhalten. Wenn der See erst einige Wochen tief durchgeatmet hat und die Kadaver im natürlichen Kreislauf verwest sind, beginnt auch das Wasser, sich in Frühlingslaune zu begeben, und der See greift die wohligen Gerüche des sprießenden und blühenden Lebens am Ufer auf. Mit langsamen Wellen kommt er in Schwung, um sich von nun an über das restliche Jahr lebendig zu zeigen.

Der Tiefwarensee ist die Wochenend- und Ferienidylle der Einheimischen: derer, die am Rand des Sees eines der wenigen Häuser bewohnen oder einen kleinen Garten bestellen. Fremde sieht man hier nur selten. Überhaupt geben eher die Wasservögel als die Menschen den Ton an. Ganz anders als an der Müritz, wo nicht nur das Trompeten der Kraniche zu hören ist, sondern Fisch- und Seeadler jagen, wirkt das Zusammenleben der Tiere am Tiefwarensee beschaulich. Wildenten, vereinzelte Möwen, schüchterne Blessrallen, ein Paar malerisch weißer Schwäne leben gemeinsam auf und mit dem See. Selbst die jagenden Möwen passen sich der Gemächlichkeit an und wirken zurückhaltend in ihrem Geschrei. Hin und wieder landet schwebend ein Graureiher auf einem Ufervorsprung, schreckt durch das kleinste Geräusch wieder auf und schwingt sich zurück in die Lüfte. Die größten Räuber des Sees sind die Kormorane. Auf einer beinahe kahlen Weide am Westufer, die nach und nach am Kot der Vögel erstickt, leben sie in einer kleinen Kolonie. Von dort aus jagen und fressen sie den Fischbestand des Sees bis ins Ungleichgewicht.

Im Mai beherrschen die Enten den See, wenn sie mit ihren Jungen das Ufer abschwimmen. Im Spätsommer führen sie sie in die

Gärten, um die erntereifen Pflaumen, Äpfel und Johannesbeeren mit den Menschen zu teilen. An Spätsommerabenden liegt der See so ruhig, dass die Enten mit ihren sanften Schwimmbewegungen Halbkreise durchs Wasser ziehen, die von einem Ufer zum anderen reichen. Dann ganz plötzlich im nächsten Augenblick kann sich die Stirn des Sees in Falten legen, und er liefert sich einen Kampf mit dem Wind. Sich zunehmend aufbäumende Wellen schnaufen und schrecken alle am Ufer auf Liege- und Gartenstühlen ruhenden und vom Tagwerk erschöpften Bewohner auf, die sofort in Eile und mit bereits zerzaustem Haar in ihren Gartenlauben und Eigenheimen Unterschlupf suchen, bevor ihnen auch die letzte Abendbrotstulle vom Teller geweht ist.

Im Januar halten die Wasservögel eine letzte Stelle im Eis offen. Gemeinsam verteidigen sie ihren See gegen den Winter. Ihr ohrenbetäubendes Geschnatter schallt von Ufer zu Ufer.

Dies ist die Geschichte von vier Menschen und vom Wasser.

Charlotte

Der Tag nach dem Kuss begann für Charlotte wie die meisten Tage des Sommers. Die Sonne war bereits vor Stunden aufgegangen, es würden noch einmal ein oder zwei weitere Stunden vergehen, bevor sie ihre Buchhandlung aufschloss. Früher war Charlotte in den Morgenstunden an den Ufern der Seen spazieren gegangen. Seit Theodoras Tod aber brachte sie es nicht mehr fertig, aufs Wasser zu sehen, ohne sich vorzustellen, wie ihre Schwester darin ertrunken war. Obwohl keiner der heimischen Seen diese Schuld auf sich geladen, sondern sich der Unfall auf der Ostsee ereignet hatte, mied Charlotte seitdem das Wasser.

Wenn man nach neun Jahren gemeinsam verbrachter Nachmittagsstunden davon sprechen konnte, dann war dieser Kuss überraschend geschehen. Wie immer hatte Karl sie bis zur Tür begleitet, als er sich unvermittelt auf der Schwelle umdrehte und ihr seine erstaunlich weichen Lippen auf den Mund legte und sie seine kratzenden Wangen spürte. Der Kuss war sacht und zart, und Charlotte atmete den Apothekengeruch tief ein, den sie an Karl bisher immer aus dem Abstand wahrgenommen hatte, den

Freunde, auch gute Freunde, zu einander halten. Er legte seine feinen, aber kräftigen Finger auf ihre Schultern. Vielleicht, um ihr Halt zu geben, vielleicht aber auch, um sich selbst vor dem Schwanken zu bewahren. Nach nur wenigen Augenblicken löste sich Karl wieder, stieg die zwei Stufen vor der Eingangstür hinunter und überquerte, ohne sich noch einmal umzudrehen, den kopfsteingepflasterten Marktplatz. Charlotte sah ihm nach, bis er die Tür seiner Apotheke schloss und dahinter verschwand.

Der gestrige Kuss war kein leidenschaftlicher, keiner, an dem Charlottes ganzer Körper beteiligt gewesen war. An diesem Morgen bebte die Erinnerung daran jedoch durch jede ihrer Fasern. Charlotte schaute durch das Fenster hinüber zur Apotheke, die bereits geöffnet war und aus der eben eine junge Frau trat. Hinter den milchverglasten Scheiben bewegte sich ein Schatten, der Karl gehören konnte, aber ebenso gut einem seiner Angestellten. Sie ging zurück in die Küche. Charlotte begann, die Teetassen, die sie seit dem Kuss nicht angerührt hatte, in die Küche zu räumen. Seit gestern hatte sie wohl einige hundert Male zwischen den benutzten Teetassen und der Türschwelle hin- und hergeschaut. Dass gebrauchtes Geschirr einfach stehenblieb, das gab es bei ihr sonst nicht. Seit sie nicht mehr zum Wasser ging, war ihr das Aufräumen zur morgendlichen Routine geworden. Sie drehte den Wasserhahn auf und rieb auf den braunen Teerändern, bis die feinen Porzellantassen schimmernd weiß glänzten. Sie stellte die Tassen und Untertassen zurück in den Schrank, ging von der Teeküche in den Ladenraum und begann die Bücher zu ordnen. Es war der Tag nach dem Kuss, aber es war auch ein ganz normaler Sommermorgen, der einen neuen Tag ausrief.

Jedes Buch im Laden hatte seinen Platz, und Charlotte legte Wert darauf, diese Ordnung an jedem Morgen herzustellen, bevor die ersten Kunden den Laden betraten. Sie liebte es, zwischen den Regalen auf dem alten Holzfußboden entlangzugehen, dessen Knarren von den bis zur Decke reichenden, mit Büchern dicht gefüllten Regalen aufgefangen und zu einem wohligen, sanften Ton gedämpft wurde. Bevor der Tag seinen Lauf nehmen würde wie jeder andere, erlaubte Charlotte sich einen letzten Gedanken an Karl und fragte sich, ob er in Zukunft nicht nur täglich auf einen Tee, sondern auch auf einen Kuss käme.

Karl

Was hatte er sich dabei gedacht? Gar nicht gedacht hatte er, sondern dem Verlangen, Charlotte zu küssen, einfach nachgegeben. Er hatte sie schon so viele Male angesehen und sich vorgestellt, wie es wäre, sie zu küssen. Gestern war es dann über ihn gekommen. Dieser Kuss war weder geplant noch außergewöhnlich gewesen. Es war jedoch ein Kuss, nach dem er sich seit Jahren gesehnt hatte und dem lange kein anderer vorangegangen war. Karl befielen eine tiefe Traurigkeit darüber, dass es bei diesem einen Kuss zwischen ihm und Charlotte bleiben würde, und die Erinnerung an Marianne.

Er war damals sechzehn gewesen. Marianne dreizehn und die Schwester seines Klassenkameraden Fritz. Sie hatte blonde Haare mit einem leichten Kupferschein, der Karl an die Kessel aus der Apotheke seines Vaters erinnerte. Seit einem halben Jahr schon sah er Marianne nach. An einem Sonntagmorgen im Mai, als er dreckig und mit Kiefernnadeln in den Haaren aus dem Wald kam, begegnete er ihr zum ersten Mal allein. Er war schmutzig, da er im Unterholz nach Beerenblättern und auch nach Steinpilzen gesucht hatte. Sie stand vor der Apotheke und wollte gerade bei Karls Vater klingeln. Karl hielt sie kurz entschlossen davon ab. Als sie ihn ansah, fragte er sich, ob sie ihn an- oder belachelte.

»Kann ich dir helfen?«

»Kennst du dich mit Medikamenten aus?«, fragte sie schüchtern und wohl auch etwas zweifelnd. Karl war augenblicklich sicher, dass ihr Lächeln wohlwollend war. Er kannte sich aus, allerdings nur mit einigen wenigen. Dennoch nickte er eifrig. Die Gelegenheit erschien ihm zu günstig, um sie verstreichen zu lassen. Wer liebt, muss bereit sein, Risiken einzugehen.

»Mein Vater hat so schlimme Magenschmerzen, und er schickt mich, um den Apotheker um Hilfe zu bitten.«

»Mein Vater mag am Sonntagmorgen nicht gestört werden. Aber ich kann dir etwas herausgeben, was deinem Vater gewiss guttun wird. Ich gehe nur schnell den Schlüssel holen. Warte hier auf mich.«

Karl schlich die Treppe hinauf in die Wohnung, nahm den Apothekenschlüssel vom Schlüsselbrett, was ihm der Vater strengstens verboten hatte. Auf Zehenspitzen stieg er die Treppe wieder hinab und ließ Marianne eintreten. Er führte sie schnell in den hinteren Raum. Einerseits wollte er nicht, dass jemand sie beide durch die große Ladenvitrine vom Markt aus beobachtete. Andererseits fühlte er sich zwischen den vertrauten Geräten, die im hinteren Zimmer standen, wohler. Gegen Magenschmerzen halfen Pfefferminzblätter, Tausendgüldenkraut und Fieberklee. Das war das einzige, was er wusste. Er füllte von allem ein bisschen in eine kleine Tüte.

»Sag deinem Vater, er soll sich einen Aufguss davon zubereiten.«

Marianne nickte und wollte nach der Tüte greifen, die er jedoch sanft zurückhielt.

»Komm, ich zeige dir etwas!«

Marianne ließ sich ohne Widerstand zu einer der Vitrinen führen, in der Glasbehälter mit Flüssigkeiten standen, die ebenso ungewöhnliche Farben wie Namen hatten. Für Karl war Mariannes Bereitschaft das Zeichen, dass in wenigen Augenblicken die langersehnte Gelegenheit gekommen war, Marianne zu küssen. Die paar Minuten mehr würde ihr Vater die Magenschmerzen noch aushalten können. Marianne staunte, als sie Gläser mit den Glaskorken sah.

»Das sind alles deine?«

Karl nickte wieder, diesmal stolz. Er rückte ganz nah neben sie. Er spürte, dass sie fror, obwohl ihr Gesicht vor Aufregung glühte. Ihre Lippen waren blass, und Karl strich mit seinen warmen Fingern darüber.

»Dir kann ich auch eine Mischung für einen Aufguss mitgeben, damit du dir keine Erkältung holst.«

Marianne nickte nun auch und hätte in diesem Augenblick wohl zu allem genickt.

Karl ließ seine Finger von den Lippen zu ihrem Kinn gleiten und zog sie Stück für Stück, immer so viel wie sie nachgab, zu sich heran, bis sie so dicht beieinander waren, dass einander küssen das Einzige war, was zu tun blieb. Ganz zart war dieser Kuss, und er blieb der einzige an diesem Morgen und auch danach. Marianne nahm lächelnd und nun gar nicht mehr schüchtern die Aufgussmischung für den Magen ihres Vaters in die Hand, bedankte sich und verließ die Apotheke. Karl sah, dass ihr eine der Kiefernnadeln im Haar steckte, die er aus dem Wald mitgebracht hatte. Mit einem Lächeln und beschwingten Beinen sprang er die Treppen zur elterlichen Wohnung hinauf und hängte den Schlüssel zurück. In der kommenden Woche blieb ihm eine kleine Angst treu, dass er sich mit den Kräutern geirrt hatte und Mariannes Vater in die Apotheke kommen und sich beschweren würde. Der Besuch von Mariannes Vater aber blieb aus, und so mischte sich zu der Erinnerung an den Kuss mit Marianne ein großer Stolz über sein Können als Apotheker. Es blieb bei diesem einen Kuss. Er sah Marianne noch zweimal wieder. Einmal in Begleitung ihres Bruders und einmal, als sie mit ihren Eltern in den Umzugswagen stieg. Beide Male hatte sie ihm zugewinkt, und Karl meinte zu sehen, dass sie ein wenig rot geworden war.

Nachdem Marianne fortgezogen war, begannen die Freunde, ihn »Herr der ersten Küsse« zu nennen. Schon als Heranwachsender verbrachte Karl den größten Teil seiner Zeit im Hinterzimmer der Apotheke. Als er vierzehn war, hatte er begonnen, antikes Apothekenzubehör zu sammeln. Er war selbst verwundert darüber, wie interessant er dadurch für die Mädchen wurde. Für die Jungs konnte eine Zäpfchenpresse nicht mit einem verchromten Lenker mithalten. Für die Mädchen aber, das sagte ihm jede, die er später mit in das Hinterzimmer der Apotheke nahm, waren der kupferne Glanz der Geräte und Karls feingliedrige und geschickte Hände immer wieder Anreiz, seine Nähe zu suchen. Unter den Jungen galt er als der »Herr der ersten Küsse«, die er, wenn sein Vater vorn im Laden war, zahlreich und an ungezählte Mädchen im Charme der alten Geräte verteilte. Wie die Mädchen ihn nannten, wusste er nicht. Es war ihm auch egal, solange sie sich küssen ließen.

Er war längst nicht mehr der Herr der ersten Küsse, und doch würde er auch Charlotte nur dieses eine Mal küssen. Obwohl Karl den Kuss nicht bereute, hätte es doch besser nicht dazu kommen sollen. Dazu war in den letzten Jahren zu wenig zwischen ihnen gesagt worden. Es war unmöglich, Charlotte noch einmal zu küssen, ohne ihr die Wahrheit zu sagen. Der Zeitpunkt der Wahrheit aber war lange vorbei, schon vor Jahren hatte er ihn verpasst. Wenn er ihr jetzt damit kam, würde sie sich weder küssen lassen, noch ihn je wieder auf eine Tasse Tee hereinbitten. Lieber sollte es bei diesem einen Kuss bleiben, an den er sich so gern erinnern würde wie an den Kuss, den er Marianne in der Apotheke gegeben hatte, als er sechzehn war. Heute war er über die sechzig hinweg. Charlotte war sein Halt. Nie wieder, nachdem Vater und Mutter gestorben waren, hatte er je eine so beständige und vertraute Beziehung zu irgendjemandem gehabt. Er müsste sich eine gute Erklärung zurechtlegen für den Kuss, und eine noch bessere dafür, dass ihm keine weiteren Küsse folgen würden. So selbstverständlich und unvermeidbar dieser Kuss gewesen war, so wenig konnte er eine Wiederholung finden. Der Tag hatte gerade erst begonnen, und es lagen noch mehrere Stunden vor ihm, die Rat bringen konnten.

Lisa Kreißler
Muttertier

Auf meinem Teller liegt ein Brief. Wir sitzen zu dritt am runden Küchentisch: Clara, Vater und ich. Der Kaffee dampft aus den kleinen Sonntagstassen. In der Mitte des Tisches steht der Apfelstreusel, vorgeschnitten und unberührt. Daneben türmt sich in einer schweren Kristallschale die Schlagsahne auf. Vater sagt: »Ich habe den Brief vor ein paar Wochen bei Mutters Stricksachen gefunden.« Er wendet das Gesicht zum Fenster und schaut zum Wald hinauf. Das Laub prahlt in der sich senkenden Nachmittagssonne mit seiner wohlkomponierten Vielfarbigkeit. Jedes Jahr staune ich wieder über diesen Anblick, als sähe ich den Herbst zum allerersten Mal. Aber nun liegt da dieser Brief auf meinem Teller. Auf dem unversehrten Umschlag steht mein Name geschrieben, in Mutters Handschrift, *Für Jakob*, steht da. Ich nehme den Brief vom Teller. Er hat kaum Gewicht. Clara greift nach dem Tortenheber, schiebt ihn unter ein Stück Kuchen und fragt: »Möchtest du?« Und ich lege den Brief beiseite und sage: »Ja.«

Vater besteht auf dieses Gespenstersoupé. Jedes Jahr an Mutters Geburtstag sitzen wir an diesem Tisch und essen Apfelkuchen und trinken Kaffee und erzählen dies und das. Und wenn sich die Sonne zu senken beginnt, laufen wir ein Stück am Waldrand entlang. Clara sammelt bunte Blätter auf, ich halte Ausschau nach dem Fuchs und Vater erklärt uns seinen Wald, also wie es um das Wild steht und welche Bäume gefällt werden mussten. Er ist der einzige von uns, der den Wald noch betritt. Clara und ich haben seit Mutters Verschwinden keinen Fuß mehr hinter die Baumgrenze gesetzt.

Unser Gespenstersoupé ist keineswegs eine Trauerveranstaltung. Seit auch Clara bei Vater ausgezogen ist und in einer Stadt lebt, hat sie einen ungehörigen Appetit aufs Leben entwickelt. Über ihr Medizinstudium wissen wir wenig. Im Vordergrund stehen einzig ihre Männergeschichten. Clara ist sehr schön. Mutters ungezähmte Locken haben sich ihrem Haar in glamourösen Wellen eingeschrieben. Davon abgesehen ist sie ganz Vaters Tochter: stechende eisblaue Augen, verschmitztes Lächeln, absolut hager. Ihr aktuelles Projekt, er heißt Hans, bereitet Clara einigen Kummer. Sie backt ihm Brot, betrinkt sich regelmäßig mit ihm, und empfindet sich selbst als ideale Mischung aus Hausfrau und Luder, aber Hans zeigt sich unbeeindruckt.

»Ich habe ihn gefragt, ob er mir dabei hilft, meinen Reifen zu flicken, weil ich das nicht kann, aber er hat nur mit den Schultern gezuckt«, sagt Clara, als wir am Abend in der Polstergarnitur sitzen und mit Vater Mau-Mau spielen. Sie schaut mich hilfesuchend an, erwartet, dass ich einen brüderlichen Rat zur Hand habe. Ich lege eine Sieben auf den Kartenstapel. Vater muss zwei ziehen. »Ich mache das. Ich komme dich besuchen und dann flicken wir deinen Reifen«, sage ich. Clara nickt traurig und legt einen Kreuzbuben auf den Kartenstapel. Sie hätte sich eine hoffnungsvollere Analyse gewünscht und seufzt nun sehnsüchtig: »Ach, es ist zum Verzweifeln.« Vater lacht, ich lache und Clara lacht schließlich auch. Mutters Brief liegt noch immer ungeöffnet auf dem Esstisch.

Draußen dämmert es bereits ausdrücklich. Wenn es Nacht wird, umgibt das Haus eine unnachgiebige Dunkelheit. Es steht ein ganzes Stück vom Dorf entfernt am Fuße des Waldes. Den Feldweg von der Landstraße zum Haus hinauf säumen keine Laternen. Wir haben keine Nachbarn. Aus der Ferne sieht das sehr romantisch aus. Dieses kleine Licht vor der zackigen nachtschwarzen Waldsilhouette. Und vor Mutters Verschwinden hatte ich tatsächlich nie Angst, wenn alle Lichter im Haus gelöscht wurden und es zur Nachtruhe ging. Aber mittlerweile verstehe ich, warum sie sich so fürchtete.

Clara ist zum Telefonieren in ihr altes Kinderzimmer gegangen. Vater und ich sitzen im Wohnzimmer und hören über unseren Köpfen das Knarzen ihrer Schritte. Es brennt kein Feuer im Kamin. Der Herbst ist warm dies Jahr.

Ich bin lange nicht zu Hause gewesen, sicher fünf Monate nicht. Wenn die Abstände so groß werden, ist man empfänglich für Veränderungen. Mir fällt auf: Vater altert. Sein borstiges dunkles Haar ist zwar noch voll, aber deutlich ergraut. Er weigert sich, eine Brille zu tragen und hält Geschriebenes an einem langen Arm weit von sich weg. Er interessiert sich plötzlich für gesunde Ernährung und legt die Gesundheitstipps aus der Fernsehzeitung foliert in einem Aktenordner ab. »Ganz gewöhnliche Altersspleens«, nennt Clara das.

Vater schenkt uns beiden einen Schnaps ein. Mutters Brief liegt noch immer ungeöffnet auf dem Esstisch. Selbst wenn Vater trinkt, wird er nicht sentimental. Aber heute kommt er mir irgendwie nervös vor. Er rutscht auf seinem Sessel hin und her und räuspert sich übertrieben oft, obwohl seine Stimme erkältungsfrei und klar klingt. Ich werde ihn auf keinen Fall drängen. Ich werde ihn auf keinen Fall fragen: Vater, ist da noch was?

Clara kommt die Treppen heruntergesprungen. Sie setzt sich vor den unbespielten Kamin und beginnt zu stricken. Ich erkenne Mutters Holzstricknadeln und das Geräusch, das sie machen, wenn sie im Tanz um das Garn aneinander geraten. Claras Bewegungen sind noch unbeholfen. Mit den Augen folgt sie konzentriert jeder Masche. »Die Mütze sollte eigentlich für Hans sein, aber jetzt sollst du sie haben, Jakob«, sagt sie und sieht mich entschlossen an. Ich streichele mir mit der flachen Hand über das kurzgeschorene Haar und sage: »Gute Entscheidung!« Clara nickt. Vater steht auf und holt eine Tüte Erdnussflips aus dem Buffet.

Wir kauen auf den gealterten Flips, die keinen Biss mehr haben. Vater bewahrt bereits angebrochene Knabbereien gerne monatelang im Wohnzimmerschrank auf. Clara und ich tauschen Blicke. Wir amüsieren uns still. Mutters Brief liegt noch immer ungeöffnet auf dem Esstisch.

Ich wurde planmäßig gezeugt. Mutter soll sogar nach jedem Versuch eine Kerze gemacht haben, so sehr wünschte sie sich damals ein Kind. Und dann saß der Samen, Mutters Bauch wuchs und sie sah fantastisch aus mit ihrem blonden Afro, den mageren Schultern und diesem Lachen, das die gesamte Handballmannschaft in den Wahnsinn trieb. Vater beteuert, nichts habe sich angedeutet – bis ich kam. Nach meiner Geburt wusste Mutter nichts mehr anzufangen mit sich und der Welt. Sie hielt mich im Arm und hörte plötzlich Stimmen in ihrem Kopf. Ihr Gesichtsausdruck gefror zu einem Mosaik der Gleichgültigkeit: die Augen leer, der Mund verschlossen, die Wangen blass. Vater sagt, es habe Momente gegeben, da lichtete sich etwas in ihrem Blick, aber im Grunde genomme, war die Frau, die er geheiratet hatte, von einem Tag auf den anderen verschwunden.

Ich kann die Geschichte bis heute nicht glauben. Vater vernahm eines Tages bei seinem Waldrundgang Kindergeschrei. Er folgte dem Ruf und fand mich, seinen Sohn, am Fuße einer stattlichen Birke, nackt und klagend, allein. Zurück zu Hause ärgerte sich Mutter darüber, dass er mich wieder mitgebracht hatte. »Ich habe das Kind dem Fuchs versprochen«, hatte sie gesagt. Vater badete mich, gab mir die Flasche und brachte mich zu Bett. Dann ging er zu meiner Mutter, die am Fenster stand und zum Wald hinaufstarrte. Ohne sich ihm zuzuwenden, sagte sie: »Du musst mich wegbringen.«

Ich erinnere mich an die Zeit, in der es Mutter gut ging. Ihre *Schonzeit* nannten wir das, weil wir wussten, dass ein neuer Schub kommen würde, früher oder später. Während einer ihrer Schonzeiten war Clara gekommen, als kleiner haarloser Mensch, der schrie und heulte, als gälte es der Stille des Waldes endlich etwas entgegenzusetzen.

In der Küche hängt ein Foto von uns Vieren. Mutter liegt mit der eben entbundenen Clara auf dem Arm im Krankenhausbett. Ich stehe daneben in Lederhose und kariertem Hemd. Mein Gesicht ist großzügig eingecremt und glänzt fettig im Tageslicht. Ich lache direkt in die Kamera. Mutter hat den Mund geöffnet in ihrem Ingrid-Bergman-Lachen. Sie zeigt ihre makellosen Zähne und schaut mich an. Von Vater sieht man nur den dunklen Hinterkopf. Er steht gebückt seiner Familie zugewandt.

In ihren Schonzeiten konnte Mutter weinen. Wir applaudierten für jede Träne, die sie vor dem Zubettgehen in unsere Gesichter küsste, weil sie Angst hatte, am nächsten Tag ohne Gefühle und mit den Stimmen im Kopf zu erwachen. Und dann, es vergingen zwei Jahre, manchmal fünf, begann sie wieder vom Fuchs zu reden. »Jakob, wir müssen jetzt rauf in den Wald«, sagte sie mit einer Stimme, die nicht meiner Mutter gehörte. Dann packte Vater ihren Koffer und brachte sie weg.

Es ist schlimm: Wir genossen das mutterlose Haus. Clara und ich, nicht Vater. Vater verzweifelte an ihrer Abwesenheit, fuhr jeden Tag in die Stadt, um spät am Abend heimzukehren und sich hinter dem Haus die Tränen aus dem Kopf fallen zu lassen. Ein paar Wochen blieb Mutter fort, dann kam sie wieder, eingestellt und menschenleer, saß oben in ihrem Zimmer und strickte, und Clara und ich schämten uns, wenn wir im Nebenzimmer übers Pupsen lachten.

»Eure Mutter ist ohne Fingernägel auf die Welt gekommen. So etwas gibt es«, sagt Vater plötzlich. Er sieht mich an. Und es kommt mir so vor, als würde in seinem Gesicht etwas Entscheidendes fehlen, obwohl alles am rechten Fleck ist; Augen, Nase, Mund. »Sie hatte ihrer Krankheit nichts entgegenzusetzen, von Anfang an nicht«, sagt er. Clara sitzt mit dem Rücken an die Steinfassung des Kamins gelehnt. Sie hält ihre Beine fest an den Körper gezurrt. Vater wendet den Blick nach unten, als er sagt: »Ich habe es gewusst. Ich habe das Gewehr geladen in den Schrank gestellt und ihn nicht abgeschlossen.« Und dann schluchzt Vater, wie er seit dem Tag, an dem er Mutter im Wald gefunden hatte, nicht mehr geschluchzt hat. Er verbirgt das Gesicht hinter seiner schönen verlebten Hand, an der matt der Ehering schimmert. Clara umarmt Vater und stimmt in sein Weinen mit ein. Ich greife nach seiner Hand und sage: »Wir haben es auch gewusst.«

Wann hast du sie zum letzten Mal gesehen? Das fragen einen die Menschen. Und meistens gebe ich eine Antwort. »Am Abend. Sie saß in ihrem Stuhl und strickte, in leisem Zwiegespräch mit ihren Gespenstern. Sie saß in ihren Stuhl und strickte und am nächsten Tag war sie tot.« Was keiner fragt: Was ist das erste Bild?

Mutter und ich laufen über den trockenen Waldboden. Das Licht fällt gebündelt durch das sommergrüne Blattwerk der Birken auf uns herab. Es sieht so aus, als würde die Sonne ihre Finger nach meiner Mutter ausstrecken, die mit einem Korb in der Hand neben mir herläuft und schweigt. Wir sind auf dem Weg zu Vaters Hochsitz, wollen ihn mit Kaffee und Kuchen überraschen. Der Wind, der sachte zwischen den Baumstämmen umherwandert, legt sich kühl auf unsere Haut. Plötzlich stellt Mutter den Korb ab, läuft ein paar Schritte zurück. Sie rafft den Rock über der Hüfte und hockt sich nieder. Es dampft zwischen ihren Füßen. Sie schaut mich an und lacht. »Sei froh, dass du das im Stehen machen kannst«, ruft sie. Ihr Gesicht wendet sich genießerisch einem Sonnenloch zu und löst sich auf im Licht.

Ich liege in meinem alten Holzbett, das ein wenig zu klein geraten ist für einen ausgewachsenen Mann. Wenn ich hier schlafe, muss ich die Knie anwinkeln. Um mich herum ist es so still, dass mir mein eigener Herzschlag ungehörig laut vorkommt. Ich habe die Gardinen zugezogen. In meinen Händen liegt der Brief. Das Kuvert ist gewissenhaft verschlossen. Ich fahre mit einem Bleistift in die schmale Öffnung und reiße es Stück für Stück der Länge nach auf. Meine Finger zittern, als ich das einzelne Blatt Papier auseinander falte. Ich beginne zu lesen:

Lieber Jakob,

Isabelle Lehn
Anderswo
(Auszug aus einem größeren Projekt)

I.

Als Mutter damals anrief, war es später Abend, und ich weiß nicht mehr, wie sie begann. Mit welchen Worten, obwohl es mir wichtig erscheint. Die Sätze, die mir einfallen, klingen erfunden, nicht nach ihr, und allein das erinnert mich daran, dass ihre Worte unfassbar waren. Nur ihre Stimme habe ich noch im Ohr. Ich höre sie sprechen, leise aber fest, wie sie sorgfältig eine Silbe an die andere reiht, und es schien, als läse sie einen Text ab, in einer Sprache, die sie nicht verstand.
   Wo seid ihr jetzt?, fragte ich schließlich. Im Marienstift, antwortete sie. Ein eigenes Zimmer, drei Betten, sogar ein Bad. Sie kümmern sich hier, sagte Mutter. Auf der Pflegestation waren sie untergebracht. Wer hätte gedacht, dass wir dort so bald landen? Ihre Stimme brach ab und es entstand eine Pause, an der Stelle, an der sie vielleicht gerne gelacht hätte, wäre ein Lachen an dieser Stelle noch möglich gewesen. Was braucht ihr?, wollte ich fragen, doch auch diese Frage war nun nicht mehr möglich. Die Antwort hätte lauten müssen: Alles. Was soll ich euch mitbringen?, fragte ich stattdessen, und ihre Antwort lautete: Nichts. Nichts, Kind, sagte sie, noch immer leise, aber entschieden, nichts, Kind, bleib, wo du bist. Wozu willst du kommen, was willst du hier tun? Alles, dachte ich, was ich kann, sagte ich und spürte erst jetzt, wie wenig ich begriff: Vielleicht ging mich *alles* bereits *nichts* mehr an. Mutter sprach von dem Bett, das sie nicht mehr für mich hatten. Dann schlafe ich eben im Auto, sagte ich, und wieder entstand eine Pause. Du hast ein Auto, sagte meine Mutter, und es war keine Frage, sondern eine Feststellung, es klang nicht überrascht, sondern müde, ihre Feststellung, nichts von mir zu wissen, nicht einmal, dass ich ein Auto hatte. Es ist nicht mein Auto, sagte ich, als änderte das irgendetwas, und ich hörte, wie sie schluckte, sich räusperte, ich versuchte zu erkennen, ob sie

weinte oder dem Vater oder Johanna ein Zeichen gab, die inzwischen das Zimmer betreten haben mochten. Dann sprach sie weiter, und ihre Stimme klang kalt und gepresst, eine Stimme, die ich so lange nicht gehört hatte, dass ich erschrak, sie bereits vergessen zu haben. Wenn du kommen willst, dann komm allein, sagte sie. Ist gut, log ich, denn nichts war plötzlich gut, nur weil etwas noch Schlimmeres passiert war. Morgenfrüh bin ich da, sagte ich, und am anderen Ende legte sie auf.

Ich warf ein paar Sachen zusammen und fuhr los. Ich weiß nicht mehr, was ich mitnahm, nur dass manches davon völlig unsinnig war, Lebensmittel zum Beispiel, ich packte die Kühltasche voll, als bekämen sie im Stift nichts zu essen, als gäbe es keinen Supermarkt mehr im Gewerbegebiet. Sarah faltete Kleidung aus meinem Schrank in einen Koffer. Meinst du, der passt deiner Mutter?, fragte sie und hielt einen meiner Röcke in die Höhe. Woher soll ich das wissen?, fuhr ich sie an. Sie kam auf mich zu, nahm mich in den Arm, und ich erzählte ihr, dass Johanna stark abgenommen hatte, und dass mein Vater von Tag zu Tag kleiner wurde. Nichts passte ihm mehr, nicht einmal seine Haut, sagte ich und gebrauchte die Worte meiner Mutter, ich wiederholte, was sie wiederholte, jedes Mal, wenn wir telefonierten. Sie rief nicht oft an, aber wenn wir sprachen, dann über Johanna und über den Vater, und jedes Mal sah ich die beiden auf der Bank sitzen, in der Sonne im Hof, wo Johanna wieder zu Kräften kam und der Vater sich allmählich austrocknen ließ, darauf wartete, in seiner Haut zu verschwinden. Sarah schleppte einen zweiten Koffer in den Flur, halb so groß wie sie selbst, und darin ihre Kleider, halb so groß wie meine, damit Johanna nicht in allem verschwand. Die wird sie nicht tragen, sagte ich. Nimm sie mit, sagte Sarah und gab mir zum Abschied einen Kuss.

Vielleicht sechs Stunden war ich unterwegs. Ich fuhr langsam, obwohl die Straßen frei waren. Ich saß selten am Steuer, in der Stadt gab es kaum einen Grund dazu, und Gründe, die Stadt zu verlassen, gab es noch seltener. Die Strecke nach Westen kannte ich nicht. Als meine Großmutter starb, rief die Mutter mich an. Es war das erste Mal seit Langem, dass wir sprachen, und es wäre ein Grund für mich gewesen, diese Strecke zu fahren, zum ersten Mal, hätte sie sich damals zwei Tage früher gemeldet. Als sie mich anrief, war die Großmutter bereits tot, für einen Abschied war es damals zu spät und für ein Wiedersehen scheinbar zu früh, denn hätten sie gewollt, dass ich komme, sie hätten mir zwei Tage früher Bescheid gegeben.

Das letzte Stück fuhr ich auf der Bundesstraße am Rhein entlang. Langsam erkannte ich, wo ich mich befand. Ortsnamen fielen mir ein, Andernach, Bad Breisig, Oberwinter, und ich erinnerte mich, wie die Häuser aussahen, die linkerhand dicht an der Straße standen. Verputzt oder verklinkert, manchmal Fachwerk im Obergeschoss, die Grundfeste immer gemauert, schmutzig und fleckig, Häuser, denen man noch im Dunkeln ansah, wie oft sie im Wasser standen. Rechts am Ufer lagen die Ausflugsdampfer, und dahinter vielleicht noch das Pfannkuchenschiff. Als Kind hatte ich mir gewünscht, dass der Vater uns alle darauf einlud, uns zum Essen ausführte auf das Pfannkuchenschiff. Am Anleger der Autofähre bog ich ab. Ich stieg aus dem Wagen und streckte mich, ich sog die Luft ein, die selbst am Wasser nicht abgekühlt war. Auch bei uns war der vergangene Tag heiß gewesen. Die Stadt hatte staubig am Ende einer trockenen Woche gelegen, und Sarah holte mich am Abend aus der Praxis ab. Wir fuhren zum See und blieben dort, bis es dunkel war, die Kühltasche leer gegessen und unsere Beine von Mücken zerstochen, bis wir auf Regen hofften und zum Schlafen zurück in die Wohnung fuhren. Dort stand die Luft still, als hätte sie auf etwas gewartet, doch erst als ich die Stimme der Mutter am Telefon hörte, ahnte auch ich, dass etwas passiert sein musste. Sonst rief sie morgens an, wenn Sarah zur Arbeit war. Ich hoffte, dass Sarah nun schlief, ich stellte mir vor, wie sie ruhig und tief atmete, während ich am Ufer stand und auf die Wellen sah, die sich schwarz und gleichmäßig aus dem Fluss hoben. Die Strömung war immer noch stark, das Wasser roch immer noch brackig, nach Steinen, Seegras und Schiffsverkehr, nach einer weiten Entfernung zum Meer, und noch immer würde keinem Kind an diesem Ufer das Baden erlaubt. Ich stand am Wasser und rührte mich nicht, ich ließ mir vormachen, es habe sich nichts verändert, seit ich mit Johanna hier Ausschau hielt nach dem Schiff Moby Dick, das unsere Vorstellung davon prägte, wie ein Wal aussah. Dann ging ich zurück zum Auto und fuhr los, auf der schmalen, kurvigen Straße zu den Dörfern hinauf. Vielleicht war es besser, noch im Dunkeln anzukommen, nicht gleich zu erkennen, wie viel auf der Anhöhe nicht übrig war.

Noch vor den Bildern traf mich der Geruch. Es war der Gestank, der mir hart ins Gesicht schlug, auf der Landstraße zwischen den Dörfern. Grau wie der Morgen lag er über den Feldern, ein stechender, giftiger Atem aus Kohle und Asche und Teer. Ich musste würgen und fuhr an den Straßenrand. Am liebsten wäre ich umgekehrt. Ich begriff nicht, wie ich nicht hatte vorbereitet sein können, auf diesen Geruch, und wie ich vorbereitet sein sollte auf alles andere, das um so vieles unvorstellbarer war. Auf der Fahrt hatte ich mir Bilder zurechtgelegt. Bis an den Ortsrand war ich gekommen, aber dahinter klaffte ein Loch, und nun lag nicht einmal der Ortsrand, wo ich ihn erwartet hatte. Ich fuhr an Häusern vorbei, die weiß und steinern hinter spärlichen Büschen standen, und musste mir eingestehen, dass meine Bilder hier noch immer die Wiesen der Eltern vorsahen, schwarzweiße Kühe darauf, obwohl ich wusste, dass die Wiesen und die Kühe verkauft waren. Ich ließ den Blick auf die Straße gerichtet, ins Scheinwerferlicht, und sah nicht mehr auf. Beinahe hätte ich den Bauzaun überfahren, der mir kurz vor meinem Ziel den Weg versperrte.

II.

Ein See aus Milch, der jeden Abend in den Ausguss floss. Getrocknete Wunden, an denen ich kratzte. Ich war noch ein Kind, ging gerade zur Schule, und noch nie hatte ich etwas so Schönes gesehen wie den See aus Milch, der sich Abend für Abend über die Steine im Hof legte. Der Traum von der eigenen Melkmaschine. Die Eltern hatten ihn sich gerade erfüllt, eine eigene Melkmaschine, gebraucht gekauft vom Schneiderhof, und beinahe hätten sie schon damals alles verloren. Ich erinnere mich an die Erregung, mit der ich jeden Tag darauf wartete, dass sie den Tank öffneten, und an die Verwirrung von Freude und Traurigkeit, mit der ich der Milch kurz darauf beim Versickern zusah. Auch Johannas Hand in meiner war immer feucht, meine

Schwester noch keine drei Jahre alt, und gemeinsam standen wir am Ufer des Milchsees und schauten auf die glatte, saubere Oberfläche, bis nichts geblieben war außer einem sauren Geruch, dem verdorbenen Geschmack auf den Gesichtern und einem ranzigen Film auf den Steinen, den die Katzen fortputzten, bevor der Vater sie mit Fußtritten verjagte. In der Nacht spülten die Eltern die Schläuche aus, und am Morgen kam der Tierarzt, um die Kühe gesundzuspritzen. Die Tiere schrien im Stall, ihre Euter waren entzündet, und ich wusste nicht, wie viel Zeit die Eltern in den Abfluss spülten, bevor sie herausfanden, dass es am Unterdruck lag. Die Kühe wurden nicht richtig ausgemolken, die Restmilch vergor in den Eutern, es lag am Unterdruck, oder anders betrachtet, es lag an den Kühen, die zu viel Milch gaben, verglichen mit denen vom Schneiderhof.

Die Vögel sangen, laut und fröhlich, und eine ihrer Stimmen klang wie ein Lachen. Vermutlich war ich es, über die sie sich lustig machten. Wie ich im Wagen saß und durch die Drahtmaschen starrte, immer geglaubt hatte, zurückkehren zu können. Bis an diesen Zaun, und dahinter lag nun eine Endgültigkeit, das gültige Ende von etwas, das auf meiner Seite immer noch vorläufig schien. Die Vögel sangen, und ich hörte die Kühe im Stall schreien. Wie gerne ich geglaubt hätte, dass sie verkauft waren. Das war der Moment, als ich aus dem Wagen stieg.

Tristan Marquardt

Gedichte

fehl am platz am fenster

in allen details eröffnete sicht den
rahmen gebrochenes licht, im grünen
whatever der kuckuck und die elster, sti-
bitzte traum-gesichte liderlich, ihr kennt das,
wenn ferner vom fenster im mittag was nickert,
sich verspricht zu verlaufen, ich, im werdegang im
sterb-herbst der abfall vom geäst, von und zu braunes
whatever, zu winter-ein-schlaf-auf-aus-ge-träumt-es-über-
ich-er-laubt, aufgebäumt abgerauscht im bilderverlauf unter
holz den platz getauscht, nestgehocke oder in lauter vermittelte,
die kaum behalten, baum zu sein, wird schon stummen im kern der
gebüsche: ich, im still gegrundet, das zu knacken, was welt sicher nicht
gilt, doch ohne schale wohl ließe.
                                        aus-schlaf geschälte gesetze:
            das handy tingelt ans fenster, als grenze ans lose
            bloß das gefundene, als ein luftzug den atem anhält
            zu stoppen, verwirr in den augen verorten: das blaue
            whatever
                      dürfte der himmel sein.

jetzt weiß ich nicht mehr, ist die idee schon gefasst oder abgefasst und wollte ich noch bier mitbringen oder trinkst du nicht mehr und falls ja: willst du was essen? ich war ganz vereinnahmt von peergroups, freibriefen, windkraft als kraftakt, dem ›satzungs‹-

wort, gibt es kabannerien oder war es doch die frage, welche bedeutung die habañera für meinen freundeskreis hatte? jedenfalls zeigte ich dem türsteher meine bahncard und er verstand meine drangsal als handhabbare privatisierung des bodenlosen. das rührte

an den tellerrand des eingemachten. da trieb mancher ausgedachte gedankenstrich sein schicksal zu grad: in jederlei beziehung doch alleine gelassen zu sein, wie ich die wechselkurse für pfundskerle mutmaßte: en masse, en detail, einerlei. das schlug auf den demo-

graphischen wandel wie ein lebenswandel: zu müde, um im fragemodus zu altern. früher wär man ins kloster eingetreten, heute stand einem der weg als gymnasiallehrer frei, mit freiheiten, versteht sich, eigentlich nicht so richtig. ich wähnte imbissbuden als ende der

nahrungskette und war glücklich damit. ich trieb den stimmenfang zum äußersten: gehörte zu zuständen, die längst nicht und nicht einmal unlängst zuständigkeiten waren. und *jetzt weiß ich nicht mehr*, waren wir heute zum essen verabredet oder hatten wir nur davon geredet?

klar war der abend frugal irgendwie. über uns ballungen (wie
angestaute wolken, die irgendwas mit türmen zu tun hatten)/
dämmerung des sichtfeldes/ein letzter rest von freunden (die
guten geister): man witterte es förmlich. früchte eines lasziven

gewitters, das hat biss, das sind pheromone, das sitzt. das war,
als ob der moment seine kinder stillte, ja, stillte mit diesem ges-
tus des *aber moment mal*, ihr kennt das. die sms und ihre zeichen-
anzahl. das bedeutungsspektrum je nach tarifwahl: ich habe das

schlimmste übergangen und bin jetzt da/die party mimt den
hammer/dies ist die mailbox von. dann die stimme aus dem
off: jetzt abhängig davon werden, wie du drauf bist. kulturüber-
greifendes baukastenprinzip: relationship heißt, wir sitzen im

selben boot, nein, schiff, whatever, hauptsache gutes wetter.
alle nächtlichen sollbaustellen. künstliches licht mit biss zieht
aufschlag mit pfiff hinter sich/internes trafalgar äußert sich
nicht selten mit herbem beigeschmack/was hat borkum hier

zu suchen. der gesprächsfaden bekundete seinen hunger: ständig auf draht. dahinter lagen ganze landschaften an ausnahme-
fällen: was man so nicht sagen kann. kniefall, der sich im ton
vergriffen hat/obst, das von selbst reift. fallobst sozusagen.

will sagen: das enthüpfte geknüpfte, das eindrücklich ausge-
drückte und der exkurs: bewundern sie die fauna im taunus,
kurz: bewundern sie den faun im taun. und eingeschürft –
taun? ein wirkn, abgrasn/birkn? eine trope übler sorte? ein

gesöff avant la lettre? bluff. denn dachten sie des weitern an
den sporn? mal ehrlich: kaum anbetrachts das antlitz an-
gelacht, schon ausgefuchst: ein sporn. in ihnen war, ja nu, –
ein unwuchs, brut, an trieb? – geboren? auswüchslich kerl?

karl. entwickelte schon früh gereifte eigendynamik. strapaziert
paraphrasiert. denn angenommen lasso: die zügel glitten/der
zusammenhang bei beinfreiheit. zeit. knallharter eisprung. geg-
nung im schlupf. denn unter uns: das war ein übler wurf. der

roch entsetzlich vorsätzlich. sie planten kultivierten wildwuchs –
und gingen auf safari flöten? anglifizierten gärten? gebührlich
dekonstrukt. und achtung: brest-litowsk unlimited. beschnitt
mit gewinn. macht wider sinn: da hoppeln sie, die entitäten, und

koppeln sich genetisch ab. oder besser: täten gut daran. machen
auf schlecht wetter. auf tor und tür, zum deutschen hinterhof:
kern, kohle, kraft und redlichkeit. und ich sage ihnen eins: kein
wunder, ist die grille wild gewillt: zu ZIRPN. singt unbedingt.

auf dem first des imperiments: rohkost ex post und zuzeln am
brutzeln. dichtkunst in der indigo-phase: pack die phrase am
rockzipfel und schüttle. das nachbesserbare an wolfenbüttel. da
starb – laut vater staat – die zehnte frau am hang zu kabelsalat.

mir sense. doch ihrer harrt: ein kind *of blue*. die kultur im turn-
schuh, und sie merken es bereits: das thema gekappt, begatten
wir uns mitten im impropart. free as can be. bi. nach ca. zwanzig
jahren krise des hetero-imperialismus befinden wir uns mitten-

drin im hetero-imperialismus. mein nachbar stinkt nach syntax.
und wennst magst, fragst ihn selbst: dem brotverkauf sein aus-
bleib war schuld am arabischen volksaufstand. saat der demo-
demokratie. die neunte frau suspekt, die achte spricht mundart,

alle anderen kochen. zuzeln spartanisch, dazu deko. saab. hoppla.
sport war der ort, schmissig die zeit. auch polo muss sich eine
gesellschaft erst mal leisten können: das bedarf, um zu dürfen –
wissen sie: erfindung des rads pp. da lebt manch ratzler noch im

tee. jutebeutel, ok, aber jeden zweiten tag duschen (können). so
wird dank flash 2.0 der [taːg] zum [tæg]. my bunny lies over the –
leck. aufgrund gesunken. wir aber zichten aufs kommensurable
winketuch. zichtigen. selbst unsre fahren werden uns noch ahmen.

am anfang standen wir am bahnhof: ob herbst, ob obst. dann mors, dass der papst tobt, dass es in ihm so wühlt (an pfingsten). später: abend. der anflug der sünde. orts abhängiger hafen ob bad orb. zwischen uns lag liebe vor, wie: masturbation als eigentor/quelle

als jungbrunnen: spunde turnten jahn. wir sagten ja zu verdauung. blieben auch im freien fall liberal, wie mal-co$_2$-neutrale trittbrettinsassen einfliegender art. stark. in sachen sassen aber: orb. wenn herbst sorgen, dann sorben, sprach ein jeder (mündig) für sich.

dann dämmerte uns die sicht im feld: diesig war weniger als diesseitig nicht, seitens windhauch und auch verlautbarung: im innersten hielt uns die neue empfindsamkeit: ungehemmt flennend/ungemein tight, caution: hot contents. denotiert detoniert vs. chaotisch

laotisch(?) – wollten wir: unsägliches sägen, dabei aber sozialkompatibel bleiben: mein schopf stand wirr im wind. deine schwester spielte harfe unweit des büffets. in der duft hauchte ein lüftchen liegt. korkste ein luchs in pik. paffke mir schnuppe, piepmatz in lupenrein

oder so genannte apokryphe stube. denn nicht nur mein bein kriegte ob psychoanalyse heiße füße. wie in dir der sorbe zur sorbin. wirt im darm. prekär/warm: parasitäre einverleibung infantilen moments. druckreifes abschminken gynäkologischer hilfsinstrumente. am ende.

etüde zur stärkung linken handgelenks. vorerst eine ausgewogene
ernährung zur klärung. mehr noch: entbehrung im stadium fort-
schreitenden eindringens: wie essware so durch trakt dank zym.
must have. switch: sekundenschlaf aus der vogelperspektive und

verbfreie schwalben über spanien. habermas. alle sind sie da. im
innern, um nicht zu sagen intern, nicht. züglich specht im sinne
von: tock, tock – kommunikation zwischen schichten schachteln,
backswitch: spachteln. im krankenhaus. dreiste schwester bringt

krücke. krücke verlässt trakt. trakt verlässt haus. freie vögel ziehen
fernüber. dass kabel 1. dass werbung. wie eine abgewogene und
-wechslungsreiche cholesterinbohrung den lebenstil birst. wie ein
grenzschutz wieder ein kind kriegen kann. und sehen sie dann:

best of pech & pannen: ein kind rast in einen gartenzaun. der gartenzaun kracht ein und das in spanien. worauf queen elisabeth II. trost
spendet, in form von geld. mit dem segen ihrer tochter heiratet sie
noch beim verzehr der verletzung: dass sie das tut weh. ihr mann

dann ein schrank im sinne von schrank. sein herz hat urplötzlich
herzform. und ob seiner klärung rätseln die doktoren. alles ent-
spreche einer ganz natürlich verpackten reise nach jerusalem. so
wachtelsturz & honigfluss: no point of no wine. da capo. all fine.

Meter Mütze
Schorf

Mein Leben erfuhr eine drastische Wende, als ich mir beim Zubereiten einer köstlichen Mittagsmahlzeit brennend heiße Kürbissuppe an Hand, Arme und ins Gesicht pürierte. Eine klumpige Paste aus einem Hokkaido-Kürbis, drei Möhren und vier Kartoffeln. Alles Bio, Slowfood. Alles klein schneiden, halbe Stunde im Wasser ankochen und dann im Topf pürieren. Und das alles ganz langsam, so stand es im Slowfood-Vertrag, den ich auf irgendeiner Messe unterschrieben hatte. Ohne meine Freundin wäre ich beim Einwohnermeldeamt als Wurm gemeldet. Rein formal, versteht sich. Damit dies aber tatsächlich nur formal der Fall war, musste ich zuweilen überraschen, Mut beweisen. Nur deswegen hatte ich unterschrieben, und nur weil ich unterschrieben hatte, benötigte ich jetzt einen ganzen Tag, um ein bisschen orange Nährschlacke zusammenzugipsen. Das mit dem ganz langsam war an sich kein Problem, samstags hatte ich durchaus Zeit. Zeit, auch über grundlegende Realitätsstrukturen nachzudenken.

In meinem Kopf entstand so über die Stunden des Vormittags ein Organigramm. Der Jumping Point war, dass ich alle Teile als offene Subsysteme visualisierte. In letzter Konsequenz gab es so weder fixe Objekte noch Subjekte, stattdessen einen Nexus ohne Knotenpunkte. Als ob man aus einem einzelnen Faden etwas strickte, ohne dass es einen Pullover, eine Socke, ein Fischernetz oder irgendeine andere Form oder Style ergab. Ich versuchte gewissermaßen, und das ist jetzt als Metapher in der Metapher ein intellektuelles Destillat eigentlich inkommunikabler Echtheit, aus diesem einen Faden *das* Mutterschaf auferstehen zu lassen, von dem dieser Faden ursprünglich stammte. Ein Schaf aus Fleisch und Blut, aus hundert Prozent Nylon, ein Klon der Echtheit. Der Realität war nur mit noch mehr Realität beizukommen. Really. An diesem einen Faden hangelten sich meine Gedanken lang, durch den von mir selbst zu meiner eigenen Belustigung angelegten Irrgarten aus Metaphern, sodass ich schlussendlich den Faden und mich selbst verlor. Ein Fahrstuhl in die Tiefe, die innere Emigration, der unvermittelt auf halber Strecke anhielt und die Richtung änderte. Aufwärts, raus aus der Metapher. Eine Stimme ertönte und sprach »Gegenwart«, gefolgt von einem »Pling«, die Fahrstuhltür öffnete sich, und ein Pürierstab sprühte mir brennende Funken aus Kürbissuppe entgegen.

Mein Schmerzschrei gellte durchs ganze Haus, Tarzan ohne Liane, mit Suppe. Ich schoss durch den Flur ins Badezimmer unter die kalte Dusche. Doch die Badezimmertür war nicht zu öffnen! Sie klemmte, war verhakt – was weiß ich. Ich fetzte zurück in die Küche, riss die Kühlschranktür auf und goss, drückte mir Milch und Ketchup auf die eigentlich bronzene Haut. Danach Crème fraîche und eine offene Packung passierte Tomaten. Etwas anderes war nicht da. Meine Schreie gerieten unter der Naturaliendusche zu einem dumpfen Gurgeln. Mit einer Hand noch am Kühlschranktürgriff brach ich schließlich zusammen.

Ich weiß nicht, wie lange ich so vor dem offenen Kühlschrank gelegen haben muss, aber das Gemüse war vergammelt und die Gurke im Plastikmantel ein brauner Brei, der schlaff vorneüberhing, als ich erwachte. Mein Geruchssinn registrierte einen abscheulichen Gestank; ich erbrach auf den Küchenboden. Meine Hand hing noch immer am Kühlschranktürgriff. Delirium.

Menschen aus Legosteinen griffen in der Dämmerung in Rudeln einen Verhau an. Ohne Rüstung, ohne Waffen, nur mit den Noppen ihrer Steine. Auf dem Verhau standen Würmer, halb Tarzan, halb Liane. Verstümmelte Würmer, Wunden, Blasen, Beulen. Sie schütteten Kürbissuppe auf die heranstürmenden Legomenschen, die halb gebückt versuchten, mit ihren Noppen Halt zu finden. Ein Genozid! Den Haag calling!

Kälteschweißgebadet wachte ich auf; eine Badewanne aus heißkaltem Schmerz. Meine Sinne meldeten overload, burn-out; meine Augen lieferten nur verrauschte Testbilder. Grauer Star? Oder gab es so etwas wie Braunen Star? Was war nur los?

So musste sich ein verpuppendes Insekt fühlen. Dämmerzustand, Sinnesrauschen, Zukunftsängste. Manch ein DDR-Bürger hatte sich zur Wiedervereinigung, vor der dräuenden nationalideologischen Verpuppung noch geistig schockgefrostet. DDR-

Bürger forever. Walt Disney ließ sich angeblich nach seinem Tod einfrieren, um in irgendeiner Zukunft aufgetaut und wieder zum Leben erweckt zu werden. DDR-Bürger und Walt Disney, Pittiplatsch und Micky Maus; resigniertes Leben in der Vergangenheit, hoffenden Todes in die Zukunft. Was macht man aus den eigenen Erinnerungen? Das Einzige, was man abseits aller Dinge wirklich besitzt. Metaphysical Property. Ein Beispiel. In der Schulzeit war meine bronzene, formreine Haut alles, wofür ich wahrgenommen und in der Konsequenz verklärt wurde. Alle anderen waren Streuselkuchen. Nicht Menschen, sondern Restekuchen zweiter Klasse. Kinder als schonungslose Peer-Group-Klärwerker, Bäckermeister sozialer Bestimmung. Daumen rauf oder runter. Ich war Daumen rauf, ich war Dorian Gray; wir nahmen das Buch zu der Zeit im Englischunterricht durch. Keine proaktive Pubertät, keine Pickel, eine Maschine der Anmut. Kein Widerspruch, sondern die sophomore Metaebene der Kybernetik. Die fleischgewordene drölfzigste Nachkommastelle von Pi. Meine Mitschüler wussten dies jedoch nicht zu schätzen, auch nicht die Nerds aus dem Mathe-Leistungskurs. Für sie war ich ein Roboter, eine Maschine, die auch tötete, wenn es sein musste. Ganz im Stile Dorian Grays; Schönheit gepaart mit Ruchlosigkeit.

Das Ganze gipfelte darin, dass ich auf der Klassenfahrt in der zehnten Klasse einen Zaunkönig vor versammelter Klasse enthaupten sollte. Der Vogel hatte einen Knick im Flügel und konnte nicht mehr fliegen, nur im Kreis flattern. Circle of Death. Die Lehrer hatten sich zurückgezogen, sie hatten vor dem sich in sozialen Subclustern abspielenden Drogenmissbrauch kapituliert. Doch ich brachte es nicht übers Herz. Für einen Augenblick hatte ich gedacht, dies als Sonderling tun zu müssen, die Erwartungen der Mitschüler, der Peer Group, zu erfüllen. Aber ich konnte nicht, so sehr ich auch wollte. So stand ich vor dem auf dem Boden im Kreis flatternden Zaunkönig und rührte mich einer Statue gleich keinen Zentimeter. Die Anmut Dorian Grays, ohne dessen Herzenskälte. Die Mädchen sahen gar mein ros-farbenes zart pochendes Herz im Dunkeln durch meine Brust schimmern. Vieles änderte sich nach dieser Klassenfahrt. Denn selbst ohne emotionalen Dammbruch, ohne Tränen, war ich von da an als gebrochener Antiheld ein Mädchenschwarm.

Und jetzt? Was half mir das jetzt, da mein Antlitz durch Kürbissuppe, Crème fraîche und passierte Tomaten total entfremdet, entstellt war? Jetzt war ich selbst das auf dem Frotteeteppich im Kreis kriechende Opfer! Zeit für abseitige Down-to-earth-Fakten: Wenn man in Belgien tausend Bäume an einen Fleck pflanzt, gilt dies behördlich als Wald und ein Wald bleibt ein Wald. Für immer. In Belgien. In meiner Küche vor dem Kühlschrank stützte ich mich auf einem Arm auf, auf die Knie, mehr ging nicht. So zuckelte ich wieder auf den Knien rutschend zum Badezimmer. Die Tür war verhakt, verklemmt, ich schlug meine verbrannten Glieder dagegen, wie die Klöppel einer Glocke. Ich wollte mich selbst dafür bestrafen, unachtsam gewesen zu sein. Ein Mutterschaf aus Nylon! So ein Blödsinn! Der Slowfood-Vertrag hatte mir zu viel Gedankenprojektionsfläche freigeschaufelt. Für irgendwelche kaputten Burn-out-Despoten war das sicherlich ein Gewinn, bei mir ging das voll durch die Decke, mir knallten alle Sicherungen durch. Und alles nur, um vor Lena als mutiger moderner Performer dazustehen! Es war mein Fehler, mein Fehler, mein Fehler! Bong, bong, bong knallte es gegen die Tür. Sie erzitterte unter meinen Aggressions, bis es mir schließlich gelang, sie mit meinem verschorften Oberkörper aufzusprengen. Ich rutschte ins Bad, zog mich am Waschbecken hoch und sah in den Spiegel.

Beim Klabautermann! Wie sah ich aus?

Mein mich stützender Arm schnappte wie ein Taschenmesser zusammen, und mit dem Kopf knallte ich auf den Waschbeckenrand. Bam! Winselnd und heulend glitt ich auf den Frotteeteppich. Das war keine bloße Akne oder ein Säureanschlag à la Juschtschenko. Grün und Blau schattierte camembert-artige Pilzwucherungen bedeckten eine braune Kraterlandschaft, einen jahrtausendealten, verkreuselten Elefantensack. Eine strukturelle Symbiose aus Great Barrier Reef und Ruhrgebiet. Die Pilze, Algen, Farne und Moose meines vergammelten Kühlschrankinhaltes mussten an meinem aufgerissenen Gesicht angelandet sein. Normandie 1944, Mondlandung 1969, Sardinien 2008, am Kühlschrank 2011. Ich war kein Mensch mehr! Ein Monster, ein Mutant! Von jetzt an würde ich bei den Silberfischen und Pantoffeltierchen um die Aufnahme in ihr Rudel betteln müssen. Winselnd, wimmernd und fiepend verbrachte ich einige Stunden auf dem Frotteeteppich im Badezimmer. Bis Lena kam. Ja, wir waren verabredet; ich hatte für sie gekocht. Die Badezimmeruhr schlug siebzehn Mal, Lena war pünktlich wie immer. Mir gegenüber schwang sie oft die eiserne Knute einer KZ-Aufseherin, aber ich brauchte das; Stichwort Einwohnermeldeamt. Zumindest redete ich mir das ein. Sie war die Liebe meines Lebens, deswegen. Der Schlüssel drehte sich im Schloss, Absatzschuhe liefen über den Flur, riefen nach mir.

Schließlich lugte sie ins Badezimmer und sah mich im Gespräch mit meinem Silberfischrudel. Sie schrie. Und schrie. Und lief aus der Wohnung davon. Mir war schon vorher klar geworden, dass sie mich so nur schwer würde lieben können. Die Maschine der Anmut, der Mädchenschwarm von einst: ein hässlicher Mutant. Aber ich war doch ein guter Junge! Zählt das nichts? Nein, das zählt nichts. Von wegen innere Werte! Für Lena bestand ich nur noch aus brauner Panade, ohne Kern, ohne Herz. Ein Fischstäbchen ohne Fisch. Sie war schon immer eher aufs Äußere bedacht gewesen, hatte mich zeitweise sogar rasiert und angezogen, da ich selbst es nicht zu ihrer Zufriedenheit tat. Das muss man sich mal überlegen! Mir wurde die Hoheit über meinen eigenen Körper abgesprochen und ich war weder achtzig Jahre alt noch gehirntot. Man sollte auch gerade an dieser Stelle zumindest mal den Diskurs Sterbehilfe gestriffen haben. Wir können hier gerne offen über alles reden. Hässlich sein bedeutet frei sein.

Lena schrie und lief davon. Ich blieb liegen. Allein, allein. Der Frotteeteppich war so etwas wie ein zweiter Uterus, eine zweite Mutter für mich. Ein Ort des Rückzugs, der Geborgenheit. Aber auch nur auf Zeit. Doch welche Zeit? Der Ort war klar. Zeit und Raum, zwei Größen, die über einen Feedbackloop zweidimensional aneinandergekoppelt waren und in denen sich alles Leben verhedderte. Ich würde hier auf dem Frotteeteppich im Badezimmer im Raum fixiert sein, aber die Zeit würde auf Basis unbarmherziger mathematischer Operatoren unaufhaltsam voranschreiten. Das muss gar nichts mit der Wirklichkeit zu tun haben, allein die mathematischen Konstanten machten aus dem Frotteeteppich eine Zwangsjacke. Wilde Codes, hexadezimale Relationen in Wellenform – vom Badezimmerteppich als lockiges Frottee visualisiert. Was auch immer.

Ich konnte hier nicht liegen bleiben. Glück hat drei Buchstaben: Tun. Das war mein Opa nie müde geworden zu wiederholen. Allein der Gedanke an meinen Nachbarn Herrn Diedrichsen gebot mir die Flucht nach vorne. Denn wie so oft in Großstädten würde ein Nachbar mich hier finden, tot, sozial erkaltet, mumifiziert. Herr Diedrichsen stand mir nah. Ich hatte mal ein Paket für ihn in Empfang genommen. In einer Großstadt geht das schon als Freundschaft durch. Gerade bei jungen Menschen, die in ihrer virtuellen Hyperrealität wieder und immer wieder einfach nur auf O.K. klicken. Keine Ja-Sager, sondern O.K.-Klicker. Freundschaften, Beziehungen, Liebe, Hass – alles virtuelle Junk-Emotions, Reality-Spam, der den Stream of Information zumüllt. So weit war ich noch nicht. Ich würde mich und damit Herrn Diedrichsens Seelenheil nicht einfach wegklicken – man springt kein zweites Mal in denselben Fluss.

Hatte Lena mich weggeklickt? Dachte sie noch an mich? Lieber sollte sie mich zutiefst verabscheuen, als mich mit einem O.K. wegzuklicken!

Doch wie konnte ich mich aus meiner Frotteeteppichisolation befreien? Stundenlanges Starren auf die Badezimmeruhr brachte schließlich unter geburtsähnlichen Schmerzen eine Idee hervor. Richtig. Die sogenannte fünfte Jahreszeit. Fasching. Dies war das Zeitfenster, in dem ich meine Position im Raum würde verändern können, ohne Furcht vor Ablehnung und Ausgrenzung. Das Zeitfenster für Action. Zum Beispiel einkaufen gehen. In meinem Kühlschrank war ja alles weggegammelt. Einkaufen gehen, mehr nicht? Einkaufen gehen war Antiaction. Bis es mit dem Fasching so weit war, harrte ich auf dem lieb gewonnenen Frotteeteppich im Badezimmer aus. Das waren noch drei lange Monate. Kein Problem. Denn wie jede Oma weiß, kann eine gut gemachte Frikadelle Kriege überdauern. Fünfzig Prozent Hack, vierzig Prozent Brötchen, zehn Prozent Liebe. Diese zehn Prozent machen aus einer Frikadelle biblisches Familienmanna. Familienmanna, das ist gut. In Westfalen wurde neulich erst eine Frikadelle in einem Gewölbekeller gefunden, die Wissenschaftler auf vor die Punischen Kriege datierten. Fleischig-deftige Vergangenheit! Die Gegenwart verbrachte ich mit meinem Silberfischrudel. Es brachte mir Kohlenhydrate und Stärke. Trotz meiner totalen äußerlichen Deformation war es eine gesellige Zeit. Sie akzeptierten mich. Aber das mag auch daran liegen, dass Silberfische naturbedingt lichtscheu sind.

Doch dann war es so weit – Fasching, die fünfte Jahreszeit. Ich schnitt mir meine Kleidung vom Leib, die ich die ganze Zeit über getragen hatte. An manchen Stellen war sie vom Schorf über- und durchwuchert, das trug nur zu meiner Authentizität bei. Ich war wie Hulk, nur mit Schorf statt grün. Über Muskelmasse müssen wir hier nicht reden, Stichwort »Mädchenschwarm«. Der Schorf war tatsächlich überall, an meinem nackten Körper gab es kaum eine freie Stelle. Nur hier und da mal im Knick, wo sich Körperteile abzweigten. Manche Männer haben überall Haare, ich hatte überall Schorf. Leider kälteisolierte dieser nicht sonderlich, wie ich vor der Tür bemerkte. Soziale Kälte, das Thema hatten wir schon. Ich hatte mich nachts hinausgeschlichen, um nicht von Herrn Diedrichsen gesehen zu werden, dem guten Mann. In den drei Monaten Einzelbetreuung hatten die Silberfische meine Gelenke wieder mobilisiert. Allein mein Äußeres konnten sie nicht richten, ganz zu schweigen von meinem Herzen. Seit Lena weggerannt war, blutete es und verschorfte Arterie für Arterie. Ich erlitt Schorfinfarkte, keine Herzinfarkte. Unter steter Angst des tödlichen Schorfinfarktes kauerte, zitterte ich zwischen den Mülltonnen des Nachbarhauses dem Werktag entgegen. Auf Gänsehaut wartete ich dabei jedoch vergeblich.

Peter Parczewski
Die Ameise

Wir zwängten uns in den papierenen, eckigen Opel von Großvater, der bei jeder Berührung so orgelhaft tönte, und fuhren vorbei an der Kaserne in der Straße Rosa Luxemburg, den Plantagen der grobkörnig verschlafenen Ebbe, hinter den letzten katechetischen Gleisüberweg, der erstarrt war auf ewig, wie zwei geöffnete Lippen ohne Bekenntnis zueinander verharrt, in das aufgeforstete Schmatzen jenseits vom Friedhof.

Bis in die feinste befahrbare Kapillare des Waldes schoben wir uns geduldig hinein, gemeinsam schrumpfend, der Luft günstig verweigernd. Großvater verharmte sodann den knatternden Ton der ungestümen Orgel. Während der vergilbte Wagen die letzten stumpfen Spannungen von sich scheuchte, knirschende Verrenkungen der eintretenden Stille ihn erschütterten, der verlustige Atem ihn niederrang wie ein erschöpftes Wisent nach einer bedrohlichen Hatz, tröpfelten wir plusternd in die spiraligen Meditationen hinaus. Abseits der geordneten Gebetsäcker und Formalien fanden wir uns ein im heidnisch vertrieften Geäst, welches die Spuren der Menschen vielfältig beweint, welches mit göttlicher Hingabe zur Verheimlichung neigt. Bei jedem Zustrom waren wir Pioniere und Argonauten, waren wir Thomas Cook und Edward Dunn Malone.

Der Waldboden vor uns keuchte unter dem Ritus der Maienzeit, der jähen Geburt. Das gesprenkelte Licht fraß sich unter Zuhilfenahme der Mandibeln, Saugrüssel und Schnäbel seinen Weg himmelab, den obigen verwunderten Blicken folgend, wog von einer juvenilen Nüster zur nächsten, besprang und beschlich freudig jenen anonym harrenden Schatten, eingesperrt hinter Stämmen und Beinen, und umfing in besessener Geltungssucht die schlaftrunkenen Knospen im dumpfen Geflecht ihres gymnastisch gähnenden Auftuns. Inmitten dieser Aussöhnung von Kosmogonien war man gänzlich von einer übermächtigen Maßnahme eingewickelt, einer heilenden Messe lieblos anberaumt, dargelegt dem säumigen Sabbat der nächtlichen Luftverwandlung.

Vorwiegend der Vorwand von Kiefern und verächtlich fauchenden Sträuchern von falschem Gesang sprühte empor und überwuchs den leblosen Halt des tranigen, von Schraffuren erfüllten Teppichs zu ihren Knöcheln.

Die Lebhaftigkeit der Pinophyten lud in der Höhe mit Frechheit sich auf. Die oben erwähnten Zweige im famosen Affront, gar kühner Geschwungenheit schamlos verkündet, lumbal wohlgenährt und im beschäftigten Schwirren und die untersten, schweren Tatzen altersmilde an Verwesung sich schmiegend, so trostlos gebückt, wie nur die Freude der Schläfrigkeit in einem stinkend trunkenen Mann es darzustellen vermag.

Eines reinlichen Tages hernach setzte der Pollenflug ein. Die Rinde vibrierte erregt, es schmatzten die geistesgegenwärtigen Sträucher und Blüten und der gedankliche Milchbart, diese Menopause des Frühlings, letztendlich seine letzte Parusie, wuchs heran wie ein okuliertes Backwerk. Der Weltzwischenraum war lebendig umfinstert, vom Almanach der Purzelbäume bestimmt, ein Bombast von bacchantisch röchelndem Schaum, und nur die fähigsten Miniaturen, so ungerecht ist die Natur allemal, schwangen erweiternd sich auf, um borealen Wolken, in bitterer Milde, Fügung zu leihen.

Einen generationenübergreifenden Instinkt könnte man gewahlt sein, der Großmütterlichkeit zu bezichtigen. Und von der Bagage eines solchen tief gekrümmt, führte meine Großmutter unseren verwegenen Spähtrupp an. Die gewitzte Fährte der Pfifferlinge aufzunehmen war das klappernde Begehren daran. Manchmal jedoch überwog in ihr die nicht unberechtigte Ahnung, dass diese erdigen Enveloppen der Dämmerung uns abermals ausgebufft korrumpieren. Also rückte sie, nur mit einem eigens aus Wollresten gestrickten Fangnetz gewappnet, einsam voran, um diese verspielten Eskamoteure kurzerhand als unverbesserliche Harlekine zu enthüllen. Es war misslich immer noch, wenn man sich zwischen die entbrannten Stricknadeln von machtvollen Gegnern stellt, und so stürzten die kleinen Bäusche in Häufungen voll betretener Konfusionen im Zutraun ihrer verschämten Eichen.

Großmutter sah in der Flucht der Pilze Ungehorsam und so sehr ihre Zerklüftungen der Gram an jene frivolgelben Müßiggänger gemahnten, war ihr Eifer gesteigert, bei der Rückkehr Rache zu üben für diese Demütigung durch die schwärmende Finesse. Überhaupt hatte es von jeher den Anschein, dass ihr jeder Mangel ins Gesicht geschrieben ward. Man sah ihr sofort ihre übertriebene Eile an, wenn es darum ging, zügig zu packen, obzwar man erst in drei Tagen verreiste. Und man sah ihr Bedrückung an unmittelbar und war genötigt, sie mit irgendwelchen trivialen Beschwichtigungen aufzuheitern, wie sie sich eben die Menschen seit Jahrtausenden erteilen, von der Travestie der Dialektik von Licht und Schatten oder der Insuffizienz des Bösen, und es wirkte sofort milde in ihrem Gesicht und man war besänftigt.

Großvater beließ derweil seine ersten forschenden Mienen oftmals wie ich in der Nähe vom Wagen. Er begründete dies mit seiner treulosen Gutmütigkeit zwar, doch es war minder umflort, dass er einfach der heiklen Unfähigkeit litt, die noch lebhaft abtrünnigen Pilze im verbrecherischen Mindestmaß ernst zu nehmen.

Als dürrer Ast von vierzehn Jahren bekam er bereits seine letzte Ölung verpasst, was kümmerten ihn folglich wilde, aufrührerische Pfifferlinge, die sich hinter Bäumen verschanzten. Zu Hause angekommen, erfreute er sich aber jedes Mal an den Findlingen, mit Zwiebeln und Kräutern gebraten.

Er stand also da, wie ein Feldmarschall, wiewohl einer in seiner Freizeit, das Haar fliesengleich kurz geschnitten, den Blick auf den Himmelsflaum projiziert, so, als ob er bis an das Meer und bis nach Schweden zu blicken imstande wäre, all dies vermochte seine Bewunderung für die Wurzeln, die Pruzzen, oder zumindest was er dafür hielt, nicht zu verhehlen.

Dann zog er an meiner Jacke, um mich aus der Einkehr zu reißen, einer Versunkenheit zuweilen, die gespreizt war in alle Richtungen wie ein hin zur verwahrlosten Dunkelheit träumendes Kind. Mit seiner rechten Hand, in der sich eine Zigarette ergötzte, blähte er einen Bogen um uns herum, als wollte er der Dido mit dem Gemäuer des garstigen Rauches frommen, dies alles noch ohne flüssige Worte, noch ohne einen Pinsel zu tränken.

Nachdem er zu Ende geraucht hatte, winkte er mich abermals herbei und begann seine wohlüberlegte Empfehlung: »Ich sehe ziemlich genau, mit welch überströmendem Blick du diese Schöpfung zeichnest. Es ist ganz recht so, diese Natur beklagt sich nicht ob deiner Erbeutung. Eine solche Gegebenheit führt uns immer aus diesen Orten empor. Ist dies nicht ... verwunderlich? Ein Platz, der geradezu schmackhaft, geborgen ist, als wäre er in sich selbst verliebt, treibt uns gedanklich fortan, fingiert und verschrammt allenthalber. Der erste vagabundierende Wink, wie man's nimmt«, wie er mit einem schelmischen Augenzwinkern zur Gelegenheit vermachte, »aus dem Naturreich zum wissenden Argwohn oder zum schäbig vergnüglichen Erraten ist immer der gewölbte Name. Der Unterschied ist nur, und damit der gewundene Vorteil der durchaus akkurat gefiederten Sachlichkeit, dass der Name nicht aus dem Bauche heraus gewählt wird, demnach nicht gerade mit einem hungrigen Magen. Er wird nicht genügsam unter einer tollkühnen Qual hochgewürgt in Begleitung von naturbehaftetem Wirklichkeitsdunst. Die Lehre versucht Regeln zu folgen, Methoden, denn das, was sie sucht, sind wiewohl phänomenologische Ingredienzien ... Gesetze, Korrespondenzen. All dies also, was die Poesie weit verführerischer sich zu entrücken erdreist als den Sinn. Doch ist letztere dem Sinne ähnlich? Oder mahnt sie das Wort unentwegt zu verschleiern, veräußern, zu gebären sich an? Wie viel Unsinn ist herbeigezogen in einer Poetik? Mannigfach nebeneinander gerückt, welch lachhafte Potenz entsteht in ihrem geschmacklich obskurantischen Tun?« Obgleich seine Lippen sich rekelten, fiel keine Bitternis in sein Gesicht. »Unumgänglich an jedem Anfang«, sprach er weiter, »steht die Naturbeschreibung. Ob man eine Geschichte erzählt, ein phonetisches Experiment entfacht oder seinen Erinnerungen gemütlichen Ausgang gewährt. Etwas zu erzählen ist unabdingbar. Und daher gibt es keine Romane aus reinem Wahne Gespinst oder Poesie, die vornübergelehnt nur gemäßigter Wimpern, Lider, klapprig papierener Flügel flattert und ohne Winde sich abhebt.«

Mit einem an Hilflosigkeit grenzenden Lächeln lenkte meine Mutter in diesen wachsweichen Anflug zu einem unnötigen Diskurs der Schwermut ein. Es entging ihr nicht, dass mein Großvater in außerordentlichem Maße mir möglichst viel seiner nicht vorhandenen Weisheit darbringen wollte. Ich hörte sie einmal bei solcher Gelegenheit die Bitte vorbringen, mir solche Belastungen vorzuenthalten angesichts der Niederdrückung und Gewalt des noch aufkommenden Gesteins. Doch was war nicht schwer in meinen kindlichen Händen? Selbst Zephyros' Flaum vermochte meine zum Jubel erhobenen Arme herniederzubeugen. Großvater sprach zu mir nicht in Sätzen, sondern stets so wunderbar flüchtig, in Girlanden von Blattgold am luftigen Wohlklang von Weltekel und Tau.

Meine Mutter brachte mich zum Wagen zurück, um mit gekonnten Griffen Watte in meine Ohren zu stopfen. Sie verklebte sie zuweilen, wenn ich oder die Watte zu dringend zur Flucht ansetzte. Diesem Vorgang, in Begleitung von schlüssiger Unsäglichkeit, vermochte ich nicht zu widerstehen, seit mich, mit vier oder fünf Jahren, ein peinigender Waldton bestürmt hatte.

Damals überfiel mich plötzlich ein Schrei, der aus der unnatürlichen Willkür sich nährte, die an meinem Gehör nagte, in mir selbst sich entlud, in mir sich erfand. Einer donnernden Stimme Entwölkung überkam mich von innen und ich schrie dagegen an, gegen den Lärm, aber noch mehr gegen die Panik mitanzusehen, dass die anderen dieses Gewölk nicht zu behindern bequemte. Ich badete einsam in einem unmenschlichen Krawall und wusste nicht weiter.

Meine Gehirnmasse wurde von mir selbst ins Innerste erschüttert. Der aus mir hinausgeschleuderte Schrei, der nimmer enden wollte, lähmte das Rascheln der Blätter, die Cilien stockten und meine Papillarlinien schmolzen dahin. Meine Sinne wurden sämtlich verweichlicht, ich schändete mein ruhiges Kindergemüt. Mein kleiner Körper wurde entwölbt, zu einer Tröte verkrampft, wie die Zügel an einem wild gewordenen Pferdegespann. Der immensen Einflüsterung folgte ich gehorsam, ihr dröhnender Befehl und mein kitzeliges Gröhnen, sie vergingen vor zerfransten Silben.

Meinen zuckenden Kopf packte Großmutter als Erstes und rieselte in das Gewitter hinein, meine Verlässlichkeit zu erfragen. Eine Geste, nicht mehr, als wenn eine Kerze einen Blitz zu besänftigen sich anschickt. Schnell trübte sich ihr Hinschauen in Ermangelung von Blut oder Schäden an meinem Gehäuse in eine Version von Mitleid für eine derlei unverfrorene Entrückung. Insgeheim befand sie dies als Quittung für meine frevelhafte Raserei in dem allmachtsfürchtigen Gestrüpp. Nun, was physische Schmerzen angeht, waren alle gottseidank Naturalisten. Doch erst meine Mutter erwies sich der Gebärden verständig, dass sich offenbar etwas in mein Gehör verstolpert hatte.

Es war eine Ameise. Das glatte Element, eine Formica polyctena vermutlich, formte den kaum verschlungenen Pfad meines Gehörgangs polternd zu einer Beichtkabine um, und es war ihr sehr ernst mit der augustinischen Absicht. Ihre unerhörten Worte sollten bald mit dem ersehnten unbändigen Zorn belohnt werden. Meinem Vater, auf einem Bauernhof gediehen, war das organismische Platzgehabe keinesfalls nur ein Gerücht. Die Ameise wurde von ihm sodann umgehend zerquetscht, erdrückt, ertränkt, gepeinigt, und all dies noch in meinem Ohr, in diesem beengt unschuldigen Auditorium. Mein kindlicher, noch knorpelhaft formbarer Kopf schmiegte sich seinen mordend stochernden Fingern entgegen. Die grazileren Hände der erschrockenen Mutter wischte er als Werkzeug beiseite. Ausgestreckt, schwer von Leere, blieben sie Ausdruck aller menschlichen Ohnmacht.

Unser Choral strömte noch Tage später vereinzelt nach. Völlig ungeeignet war dieser entflammte Donner verfrüht bei mir eingekehrt, da ich Inspiration noch als ein sehr seltenes Ereignis empfand, meiner überwiegend gespielten Frömmigkeit gewiss nicht würdig.

Wie ich gerade eben noch lauthals dunkeln Schwüren der Pein gelobte, so sprang nun ein herzzerreißendes Lachen aus meinem bibbernden Rumpf, sämig bestrebt, das wehleidige Echo zu überdauern. Die Sorge um meinen Geisteszustand wich zusehends aus Großmutters Szene. Die polyctena lag in ihrer gefallen entspannten Haltung auf dem Finger meines Vaters, und meine verratenen Tränen waren die Einzigen, die ihr letzte wankelnde Bewegungen einhauchten. Damit reckte sich eine Befangenheit über mich, eine Befangenheit über die irrwitzige Unvollständigkeit von Qual, ob Mensch, Ameise oder Terrain. Es erreichte mich die kosmologische Melancholie. Zu einer 1/16 Note entging sie, zu einem Aleph hatte die Vernichtung sie verhakt, ein toter Buchstabe auf einer Fingerkuppe, eine Famosität der Unbedarftheit. Beiläufig war es das allererste Sterben, an dem ich in einer unmittelbar innigen Verbundenheit teil haben sollte. Die Watte ward Grabstein.

Ann-Kathrin Roth

Bierpferdchen und Blechcowboys

Virtuell, sagt Wikipedia, ist nicht das Gegenteil von real.
Virtuell ist das Gegenteil von physisch.
Virtuell ist das Bild, das man nicht sehen kann, weil es nirgendwo projeziert wird.
Virtuell ist die Ebene hinter dem Spiegel.
»Virtuell«, sagt Kain, »sind deine dreitausend Facebook-Freunde.« Weil man so viele Freunde gar nicht haben kann. Weil zu wenig Zeit. Weil zu wenig Gefühle. Weil zu wenig Blut in deinen Adern ist, für so viele Blutsbruderschaften.
»Virtuell«, sage ich, »sind unsere viereckigen Augen.«
Als ich das sage, sind wir fast am Ende. Fast am Anfang. Auf jeden Fall der Anfang vom Ende.
Es fängt an mit Bierpferdchen und Blechcowboys. Vier Kerle auf Westernsätteln auf Bierkisten, die nackten Füßen in einer silbernen Blechwanne. In der Wanne Wasser und Herzcheneiswürfel. Unter der Wanne der Bürgersteig. Eine Kreuzung im Nachmittagsverkehr und wir mit unseren westerngesattelten Bierpferdchen. Sie heißen Bitburger, Becks und Veltins I und II.
Das ist keine urbane Cowboy-Fantasie.
Das ist Drei-zwei-eins-meins-Problem.
Wenn man im eBay-Rausch vier Westernsättel ersteigert, muss man sie auch benutzen.
Auf der Kreuzung ruckelt der Verkehr. Die Realität zerflimmert über heißem Lack. Alle fünf Minuten fährt ein roter Toyota vorbei. Wir winken.
Andere Autos fahren vorbei. Andere Menschen gehen vorbei. Wir sind hier. Kain und J und Talos Körper und ich und unsere Smartphones. J twittert. Kain fotografiert vorbeigehende Frauen und spioniert ihre Facebook-Profile aus. Talos Körper liegt auf seinem Bierpferdchen, der zurückgebogene Kopf berührt hinter der Bierkiste fast den Boden. Drei Meter Isolierband halten ihn im Sattel.
Ich werfe Herzcheneiswürfel in Talos Mund. Beim sechsten ist er voll. Ich stehe auf und pule die Eiswürfel wieder raus. Die un-

tersten sind weit in seinen Hals gerutscht, und ich habe Angst, dass mir Talo auf die Füße kotzt, als ich ihm die Hand in den Hals stecke. Aber Talos Körper hat vor drei Jahren zum letzten Mal gezuckt.

»Warum mach ich das eigentlich?«, frage ich und wische meine angesabberte Hand an meinen Shorts ab.

»Damit sich Talo nicht so allein fühlt«, sagt J, grinst, und postet mein angeekeltes Gesicht auf Facebook.

»Wenigstens kommt er so mal raus«, sage ich, »und sieht mal was anderes als die weiße Decke und die Alte vom Pflegedienst.«

»Ich liebe dich«, sagt Kain. Er sagt das zu Stacey. Stacey ist Kains Internetfreundin. Stacey ist virtuell. Das sieht man an den runden Augen. Liebe auf den ersten Klick.

Talos Augen sind auch ein bisschen runder geworden. Weil sein Hirn über Kabel und ein kleines schwarzes Kästchen direkt mit der World of Warcraft verbunden ist. Talo ist die neueste Version der Onlinegamejunkies. Seit drei Jahren daueronline und nur noch über den WoW-Chat zu erreichen. Wenn überhaupt. Talo hat keine Ahnung, dass er grade meine Hand im Hals hatte. Talos Körper hängt an Schläuchen. Aber heute haben wir ihn abgehängt. Abgehängt und festgetaped. J macht ein Bild von Talos Körper, in dessen Mund wieder Eisherzen glitzern und postet das Bild auf Facebook. Zum Abschied.

Dies ist eine Abschiedsfeier. Dies ist das Ende. Goodbye virtual reality. Du warst gut zu uns. Wir sind für immer deine undankbaren Kinder.

Und dann klingeln die Alarme, und dann die Eingeweide unserer Smartphones, die auf dem Asphalt verstreut liegen, und dann Talos kabelfreies Hirn. This is our virtual suicide. Please cry. Bitte schreit, wenn ihr schreibt, hören wir euch nicht.

Der rote Toyota hält an, wir winken unseren Bierpferdchen bye-bye und werfen Talo, den kompletten Talo, auch wenn Talos Hirn das noch nicht mitgekriegt hat, in den Kofferraum und steigen ein. Auf dem Beifahrersitz liegt eine Videokamera. Ich schalte sie an und richte das runde Objektiv auf Mickey, der am Steuer sitzt.

»Wohin fahren wir?«, frage ich.

»Dahin, wo die richtige Welt anfängt«, sagt Mickey. »An einen Ort, den Google nicht kennt.«

Und dann fragt Kain, wie wir denn erkennen sollen, ob Google einen Ort kennt, wenn wir doch kein Internet mehr haben, um etwas zu googeln.
Shit.

Schnitt

Die Kamera filmt die Stufen vor Kains Haus, auf denen die Schuhe des Paketboten kleine Kieselsteinchen verlieren. Dann J, wie er mit dem neuen Smartphone die Kamera filmt. Der Blick des Handys dringt in die Linse der Kamera. Das ist Videosex.
Kain nimmt J das Smartphone weg. »Nur für Notfälle«, sagt er.

Schnitt

Die Kamera sitzt auf dem Rücksitz und filmt durch die Windschutzscheibe. Zoom auf Js Hände, die das Smartphone festhalten. Das Bild hinter der Windschutzscheibe ist das Bild auf dem Bildschirm. Das ist keine Videoaufnahme. Das ist Google-Street-View. Wir sind noch in der virtuellen Welt.

Schnitt

»Das Ziel«, sagt Mickey, »ist nicht, jeden Tag nach Dingen googeln zu müssen, die man gemacht haben könnte, weil man in den Facebook-Status nicht schreiben kann, dass man sich den ganzen Tag nur Internetpornos anguckt.«
»Das Ziel«, sagt Kain, »ist, eine Frau anzusprechen.« Kain sagt, er weiß gar nicht, wie man mit Frauen spricht, und Mickey hat ihm das Smartphone abgenommen, bevor er es googeln konnte. Kain sagt, er weiß gar nicht, wie eine wirkliche Frau aussieht, weil er immer nur ihre reouschierten Profilbilder betrachtet und er hat Angst, dass Frauen in Wirklichkeit alle hässlich sind. Viel-

leicht ist das aber auch egal, sagt Kain, weil es vielleicht schön wäre, nachts einen warmen Körper neben sich zu haben statt dem heiß gelaufenen Laptop. Vielleicht.

»Das Ziel«, sagt J, »ist, Kommunikation mit mehr als hundertsechzig Zeichen.«

»Das Ziel«, sage ich, »ist, die Ecken unserer viereckigen Augen abzuschleifen.«

Schnitt

»Wenn du uns dabei filmen willst«, sagt die Prostituierte, »kostet das extra.«

Papier raschelt.

»Wie willst du es?«, fragt sie.

»Zieh dich aus«, sage ich, »sieh in die Kamera dabei.«

Sie streift ihren gepunkteten Pulli über den Kopf. Sie kippt fast um, als sie auf einem Bein balanciert und an ihren pinken Leggins zerrt. »Sieh in die Kamera«, sage ich. Der schwarze Minirock fällt auf den dreckigen Motelteppich, der BH hinterher. Ihre Brüste hängen. Ihr aufdringlicher Geruch steigt mir in die Nase. Sie hängt ihren dreckigen Slip über das Objektiv.

»Lass das«, sage ich. »Sieh in die Kamera.«

»Wovor hast du Angst?«, fragt sie.

Und dann Zoom auf die Stelle, an der Sie, ich und das schleimige Latex uns treffen. Zoom auf ihre hüpfenden Hängebrüste.

»Sieh mich an«, sagt sie, »leg die fucking Kamera weg und sieh mich an, wenn du mich fickst.«

»Halt die Klappe«, sage ich. »Sieh in die Kamera.«

Sie beugt sich runter und leckt über das Objektiv. Ich komme.

Als das Bild wieder scharf wird, liegen ihre Brüste wieder in schwarzen BH-Körbchen, damit sie nicht weiter ausleiern. Die Hure raucht und schnippt die Asche auf die schmutzige Matratze.

»Das Internet ist keine Konkurrenz«, sagt sie. »Es macht den Job nur schwerer, weil jeder unkreative impotente Schwanz sich im Netz Ideen holt. Es ist nicht mehr das alte Rein-raus-Spiel. Es ist Schlag-mich-beiß-mich-steck-mir-Stäbe-in-den-Schwanz-und-fick-mich-in-den-Arsch-während-du-Katzenohren-und-ei-

nen-Kaninchenschwanz-trägst. Aber es bringt Kundschaft«, sagt sie. »Weil sich niemand virtuelle Stäbe in den Schwanz stecken kann.«
And this is as real as it gets.

Schnitt

J hält einen rosa Post-it-Zettel in die Kamera. *Wie war's?*, steht drauf und: *Krieg ich das Video fürs Internet?*
»Twitter-Entzug«, sagt Kain.

Schnitt

Die Fenster des Autos sind von innen mit Polaroidfotos beklebt. Unter den Fotos kleben pinke Post-its beschrieben in Js Handschrift. Schwenk in den Kofferraum, wo J auf Talos Beinen sitzt und ihm pinke Post-its auf die Brust klebt.
»Was machst du da?«, frage ich.
»Ich schreibe Talo an«, sagt J, »aber er antwortet nicht.«
J klebt ein Post-it auf Talos Stirn.

Schnitt

Mickeys rechtes Auge im Rückspiegel. Es ist graublau und rechteckig. Mickeys Finger, die an den Rändern ziehen. »Meine Mama hat immer gesagt, wenn man so viel vor dem PC hockt, kriegt man viereckige Augen«, sagt Mickey und zieht fester. »Ich hab ihr nie geglaubt.«
»Das Schlimme daran«, sagt Kain vom Rücksitz aus, »ist nicht, dass die Augen nicht mehr richtig zugehen. Das Schlimme ist nicht, dass an den Seiten immer das Licht des Bildschirms eindringt und dass die Augen immer tränen. Das Schlimme«, sagt Kain, »ist, dass man keine Augenwinkel mehr hat. Der Verlust der Peripherie. Wenn man nicht mehr sieht, was um den Bildschirm herum passiert.«

Schnitt

Auf einer Raststätte beobachten J, Mickey und die Kamera Kain. Er geht auf eine Frau zu, die vor ihrem Wohnwagen einen Teppich ausschüttelt. Zoom auf Kain, wie er den Mund aufmacht, und dann ruckt sein Kopf, als ihm die Frau eine scheuert.

Schnitt

»Kannst du mich sehen?«
Js Hand vor dem Objektiv der Kamera.
»Natürlich kann ich das«, sage ich, »nimm die Finger weg.«

Schnitt

»Bleibt hier«, sagt der große schwarze viereckige Kasten, von dem links und rechts zwei Stoffschläuche herunterhängen. Seine Stimme ist verzerrt.

Hier, das ist ein Autobahnrastplatz mit ein paar abgaskranken Bäumen, ein paar Tischen und zwei grünen Toilettenbunkern und mit knapp fünfzig schwarzen Kästen, die in kleinen Gruppen zusammenstehen. Die Stimmverzerrer summen.

Das ist Internet ohne Kabel und Rechner. Das ist Internet ohne Internet.

Eine Simulation des anonymen Internets von früher. Bevor man mit einem Klick unseren Namen, Geburtstag, Lebenslauf, Beziehungsstatus und Freundschaftskreis herausfinden konnte, und wer sich grade die Zehennägel schneidet und gleich eine Tiefkühlpizza in den Ofen schiebt.

Als man jeden Tag fünf verschiedene Internetpersönlichkeiten erschaffen und vernichten konnte. Die Zeit bevor es Sport wurde, diese Identitäten aufzudecken.

»Bleibt hier«, sagt der Kasten. »Die Uniform ist kostenlos. Scheißegal, was euch anmacht, hier könnt ihr drüber reden. Garantiert anonym.«

»Wir brauchen mehr Mitglieder«, sagt der Kasten. »In einer Gruppe, in der alle wissen, dass von siebenundvierzig Mitgliedern dreiunddreißig pädophil, siebenundzwanzig SM-Fetischisten, sechsundvierzig sexsüchtig und fünfundzwanzig Diddl-Sammler sind, geht die Illusion verloren.«

J klebt dem Kasten ein pinkes Post-it auf den Rücken, auf dem steht, dass er sein Freund sein will.

»Eigentlich«, sagt Mickey, »wollten wir nur in Ruhe pissen.«

Schnitt

Zoom auf den kleinen Bildschirm auf meinem Schoß. Eine zerfallene Holzhütte am Rand einer Landstraße. Zoom auf die Windschutzscheibe. Eine zerfallene Holzhütte am Rand einer Landstraße.

Wir sind noch virtuell.

Schnitt

Zoom auf Kains schlafendes Gesicht. Auf die weißen Schlitze, wo die runden Lider das eckige Auge nicht bedecken. Sie zucken. HTML-Träume.

Der Lichtkegel wandert über Js Hand, die einen Stapel pinker Post-its umklammert, zu dem Post-it auf Js Stirn. *Ich schlafe*, steht drauf. Im Kofferraum ist Talo unter Post-its begraben, nur seine Hand schaut zwischen den Zetteln heraus. Mickey ist weg. Das Smartphone auch. Wir sind zu viert. Zoom auf Talos Hand im Zettelmeer. Wir sind zu dreikommafünft.

Schnitt

»Kannst du mich sehen?«

Die Hand, die J vor die Kamera hält, zittert.

Die Post-its sind alle.

Schnitt

»Weißt du was«, flüstert J und seine viereckigen Augen rollen. »Weißt du was, ich glaube, ich existiere gar nicht.«

J ist durchgeknallt. Kain wurde von einer Frau gebissen und will zurück zu Stacey. Mickey sagt, seine Eier sind so blau, dass es ihm reichen würde, wenn im Gebüsch zwei Karnickel ficken. Er kriegt jedes Mal einen Ständer, wenn er den Schaltknüppel anfasst. Talo ist tot. Zu lange ohne Schläuche. Er liegt im Kofferraum im pinken Post-it-Grab.

»Gib mir die Kamera«, sagt J, »ich will sehen, was auf dem Film ist.«

»Du existierst«, sage ich, »beruhige dich.«

»Ach ja«, sagt J, »wieso antwortet mir dann niemand?«

»Weil du nicht mehr online bist, du Idiot«, sage ich.

»Gib mir die Kamera«, sagt J.

»Gib ihm schon die Kamera«, sagt Kain.

»Nein«, sage ich, »nein, nein, nein, nein, nein.«

Und dann jault das Smartphone, und auf dem Display hängen Häuser kopfüber und wirbeln Bäume und Laternenpfähle herum.

»Bitte wenden«, jault das Smartphone, »bitte wenden.«

Durch die Lücken zwischen Js Finger filmt die Kamera die Windschutzscheibe, dahinter ... nichts. Nur grauer Boden und wolkenlos blauer Himmel.

»Bitte wenden«, jault das Smartphone.

Ich reiße die Tür auf. Das Bild flackert, als wir aus dem Auto fallen, die Kamera und ich.

Und dann am Horizont eine Staubwolke. Zoom auf einen Reiter. Zoom auf den Schriftzug am Hals des Pferdes: Veltins II. Zoom auf den Westernsattel mit den Isolierbandstreifen. Zoom auf das Gesicht unter dem Cowboyhut, auf das Herzchentattoo auf Talos rechter Wange.

»Howdy Boys, habt ihr mich vermisst?«, fragt WildWestTalo.

»Kennst du das«, fragt die Prostituierte, die nur mit Katzenohren und Kaninchenschwanz bekleidet auf dem Dach unseres Autos sitzt, »kennst du das, wenn dir die Scherben bis zum Hals stehen und der Schnee trotzdem nicht aufhört zu fallen? Ich hasse solche verfickten Scheißtage. Und ich hasse verfickte Wichser, die sich hinter 'ner fucking Kameralinse verstecken.«

»Verstecken macht Spaß«, sagt der schwarze Kasten, der vor dem Auto am Boden liegt, und kichert scheppernd. Unter dem Rand des Kastens schauen hellblaue Badelatschen hervor.

Hinter mir trinkt WildWestTalo mit dem toten Rollenspieltalo, an dem noch Js pinke Post-its kleben, Bier aus Herzchengläsern. Kain macht mit der katzenohrigen Prostituierten auf dem Autodach rum. Mickey leckt das Lenkrad ab. J sitzt auf dem schwarzen Kasten und tauscht mit ihm pinke Post-its aus. Veltins II filmt mich mit einer Kamera, die aus seinem Sattel herausragt.

Und das soll die verdammte reale Welt sein? Das ist eine verfickte, verrückte Teeparty. It's insanity. This is virtual insanity. This is ...

Das ist das Klirren, als das Glas der Kameralinse zerspringt. Das ist das Rascheln der Videobänder, die sich um meinen Körper schlingen. Das ist ...

Control-Alt-Delete, denke ich ganz fest.

Control-Alt-Delete. Ich will hier raus.

Control-Alt-Delete. Escape.

Ich falle, als meine Füße sich langsam auflösen. Die Hure, der Biergaul, der Kasten, J, Mickey, die zwei Talos und ich, wir zersetzen uns in kleine Pixel, die zu einem dunklen Fleck am Himmel hingezogen werden. Schwerelos und körperlos, und das ist das Ende der virtuellen Welt, ihr reales Ende.

Der letzte Gedanke:

In der Realität hat es uns nie gegeben.

Virtuell, sagt Wikipedia, ist nicht das Gegenteil von real.

Aber wer weiß schon, was real ist.

Michael Sieben
Der Pansen

Pause. Wir drängeln uns in den sonnenbeschienenen Teil des Schulhofs, die Jacken achtlos auf die Waschbetonbänke geworfen, und kicken eine in der Mitte plattgetretene Coladose scheppernd hin und her, ohne uns um die herausspritzenden Reste der schwarzen Brause zu scheren. Es ist ein außergewöhnlich warmer Apriltag. Henna sitzt auf der Kante der unbenutzten Tischtennisplatte, wirbelt die weißen, mit kugelschreiberblauen Sternchen verzierten Chucks durch die Luft und plaudert mit ihren Freundinnen. Der Pansen kommt wie immer alleine auf den Hof, blickt sich kurz suchend um und trottet dann mit hängendem Kopf und tief in den Hosentaschen vergrabenen Händen in unsere Richtung. Er lässt sich nicht davon irritieren, dass er prompt zum Ziel des Coladosengeschosses auserkoren wird; selbst als ihn die Blechbüchse an der Ferse erwischt, dreht er sich nicht einmal nach dem johlenden Schützen um. Plötzlich steht er vor der verdutzten Henna und fragt grußlos, den Blick auf die wippenden Allstar-Schuhspitzen geheftet, ob sie nach der Schule mit ihm ein Eis essen gehen möchte. Für einen kurzen Moment sind alle sprachlos, Henna, ihre Gang und auch der Pansen, anscheinend überrascht von der eigenen Courage. Dann brechen die Mädchen in schallendes Gelächter aus.

Erst beim zweiten Durchsehen der Akte habe ich ihn auf einem der beigefügten Fotos wiedererkannt. Sicher, er ist älter geworden, das ehemals dichte Haar hat sich auf den Hinterkopf zurückgezogen und ein violettes Muttermal freigegeben, das sich L-förmig über die Stirn schlängelt. Dennoch ist der Mann auf dem Foto eindeutig dieselbe Person wie der Junge, den wir zu Schulzeiten den »Pansen« genannt haben: Dirk Jansen, der Dicke mit dem blassen Gesicht, der Sitzenbleiber, der … Ich blättere zurück zum Personalbogen und finde mich bestätigt: das Geburtsdatum, das ihn als 77er-Jahrgang ausweist, zerstreut meine letzten Zweifel. Es ist der Pansen.

Ich weiß nicht mehr, wer ihm den Spitznamen verpasst hatte. Nur kurze Zeit, nachdem der ebenso bullige wie wortkarge Junge in unsere Klasse versetzt wurde, hatte das Lästern begonnen. Vom Fettwanst war die Rede, vom Pummel, vom Kloß. Als ihn jemand als einen »fetten Ochsen« bezeichnete, war der Weg zum Kuhmagen nicht mehr weit: Der Reim auf Pansen machte die Runde. Zunächst noch mit vorgehaltener Hand ins Ohr geflüstert, bald auf klein gefalteten, karierten Zetteln durch die Schulbänke wandernd, wurde die Namensneuschöpfung schon nach einigen Tagen ungeniert und lauthals auf dem Pausenhof verbreitet. Nicht einmal eine Woche war er in der Klasse, als unser Mathematiklehrer nichts ahnend die Flügel der Schultafel aufklappte, und damit unfreiwillig die schiefen Kreidebuchstaben entblößte, die, als Formel »Dirk = Pansen« über die komplette Breite der Tafel geschmiert, eine kaum zu bändigende Lachsalve im Klassenraum auslösten. Spätestens von diesem Augenblick an hatte der Junge, der als Dirk Jansen in unsere Klasse versetzt worden war, aufgehört zu existieren. Der Neue war von nun an nur noch *der Pansen*.

Wieder fällt mir das bis dahin unbekannte Feuermal auf seiner Stirn ins Auge, das näher betrachtet auch eine hässlich verheilte Narbe sein könnte. Wie es redensartlich immer dorthin regnet, wo es schon nass ist, so hat das Alter ihm unter Missachtung seiner schon vorhandenen körperlichen Defizite mit diesem Kainsmal also einen weiteren Makel aufgedeckt. Es ist ja nicht so, dass der Pansen einfach nur dick gewesen wäre. Ganz abgesehen von der käsigen Gesichtsfarbe, die ihm immerzu ein kränkliches Aussehen verlieh, hätten eine strenge Diät und ein wenig Sport zwar einige Pfunde purzeln lassen, aber nicht die generelle Unförmigkeit seines Körpers kaschieren können. So war sein Schädel überproportional groß im Vergleich zu seinem ohnehin schon massigen Torso, ein bleicher Kürbiskopf, der seine hohlen Augen auch beim Gehen meist auf den Boden richtete anstatt geradeaus zu schauen, was dem Pansen neben einigen ungewollten Karambolagen mit seinen Mitschülern früh einen leichten Buckelansatz eingebracht hatte.

Dass er keinerlei Anstrengungen unternahm, seine seltsame Erscheinung durch vorteilhafte Kleidung zu korrigieren, sondern ausschließlich riesige Pullover oder T-Shirts aus einem hiesigen

Textildiscounter trug, die selbst an seinem wuchtigen Jungenkörper zu groß erschienen, manifestierte den abschätzigen Spitznamen und machte den Pansen binnen weniger Wochen nach seinem Auftauchen zum Gespött des gesamten Jahrgangs. Vielleicht hätte er sich von Anfang an wehren, denen, die es auf die Spitze trieben, Prügel androhen und dabei seine Physis furchteinflößend in Spiel bringen sollen. Aber der Pansen tat nichts dergleichen. Er ignorierte uns, schien ohnehin nicht auf Freundschaften aus zu sein und zeigte weder an seinen Mitschülern, noch am Unterricht, noch an irgendetwas anderem sichtbares Interesse. Im Nachhinein wundere ich mich, dass wir nicht schnell die Lust verloren haben, ihn zu drangsalieren – hat er doch selten einmal auf unsere Provokationen reagiert, Beschimpfungen an sich abperlen lassen und ist sich anbahnenden Konflikten meist weitsichtig aus dem Weg gegangen – von der tragischen Geschichte mit Henna einmal abgesehen. Aber wahrscheinlich hat gerade diese Emotionslosigkeit uns umso mehr gereizt und unsere Zudringlichkeiten mit der Zeit umso heftiger werden lassen.

Ich will nicht leugnen, dass ich wie fast alle meine Mitschüler der Verlockung erlegen war, auf dem kauzigen Neuankömmling herumzuhacken. Warum soll ich auch abstreiten, dass ich in das augenrollende Stöhnen der Klasse einstimmte, wenn der Pansen einmal den Arm zu einer seiner äußerst seltenen Wortmeldungen reckte, dass ich auf dem Flur hinter seinem Rücken Kuhlaute von mir gab, ihn im Sportunterricht nicht anspielte, auch wenn er als einziger Mitspieler frei war. Wir überboten uns geradezu gegenseitig mit neuen Einfällen für die sogenannte »Pansen-Verarsche«. So wurde es beispielsweise auf meinen Einfall hin üblich, eine vom Flohmarkt billig erstandene Kuhglocke zu läuten, sobald der Pansen das Klassenzimmer betrat. Da er uns in den Pausen aus dem Weg ging und meist als Letzter alleine vom Schulhof zurückkam, wartete nicht selten die ganze Klasse gespannt auf seinen Auftritt, der je nach Laune des jeweiligen Glockenschwenkers von mehr oder weniger wildem Gebimmel und dem Hohngelächter von einem Großteil der rund zwanzig Jungen und Mädchen begleitet wurde. Anfangs hatte sich die halbe Klasse um die Glocke gestritten, sodass eine strenge Reihenfolge unter denjenigen schriftlich festgelegt werden musste, die sich finanziell an der Anschaffung beteiligt hatten. Die Begeisterung ebbte im Lauf der Zeit natürlich etwas ab, aber immerhin hielt sich die Tradition bis zum Schluss.

Ich schätze, in der achten oder neunten Klasse ist er hockengeblieben. Nur ein Schuljahr, nachdem er mit seiner Mutter irgendwo aus dem staubigen Ruhrpott (niemand hatte jemals nachgefragt) in unsere Stadt gekommen war, verschwand der Pansen also schon wieder aus dem Rampenlicht, machte Platz für die ursprünglichen Außenseiter unserer Stufe, deren einjährige Schonfrist damit jäh beendet sein sollte. Natürlich war er trotz der notwendig gewordenen »Ehrenrunde« nicht gänzlich aus unserem Leben getreten. Manchmal sahen wir ihn durch das Schulgebäude schlurfen, den Kürbiskopf immer zwischen den kräftigen Schultern hängend, als ob er den abgetretenen Teppichboden nach etwas verloren Gegangenem absuchen würde. Auf dem großen Pausenhof hatte er sich eine der etwas abseits des Trubels gelegenen Betonbänke ausgesucht, auf die er sich in jeder freien Minute zurückzog, und wo er eine Unmenge von Graubrotscheiben verspeiste, die üblicherweise mit nichts anderem als einer dicken Butterschicht überzogen waren. Anfangs bekam er noch die üblichen Beleidigungen hinterhergerufen, aber mit der Zeit ließen unsere Bösartigkeiten nach. Vielleicht, weil er uns weniger präsent war. Oder weil wir nun doch wegen seiner stoischen Weigerung resignierten, uns die Pansen-Verarsche in irgendeiner Form heimzuzahlen. Einige meiner Mitschüler fingen sogar an, den Pansen zu grüßen und ihn demonstrativ mit »Dirk« anzureden. Der Pansen blieb davon allerdings ebenso unbeeindruckt, wie er es von unseren Mobbingattacken gewesen war. Unbeteiligt auf seiner Betonbank hockend wurde er für uns zu einer zwar immer noch kuriosen, aber zunehmend unbeachteten Pausenhofrequisite. Vermutlich wäre das auch meine letzte Erinnerung an ihn gewesen, hätte es nicht den Zwischenfall mit Henna gegeben.

Wie konnte er auch so töricht sein, sich in das beliebteste Mädchen unserer Stufe zu verlieben. Hanna Machatzke, die aufgrund ihrer hennarot gefärbten Haare ihren Spitznamen weg hatte, war ebenfalls erst vor Kurzem mit ihren Eltern zugezogen (sie kam aus Berlin-Wilmersdorf) und hatte sich rasch zum heimlichen Schwarm zahlreicher Klassenkameraden gemausert. Dabei hatte sie gerade ausreichend viele Schönheitsfehler, um unsere etablierten Primadonnen nicht zu verschrecken, ohne dadurch an jener kumpelhaften Attraktivität einzubüßen, die neuerdings unsere Gymnasiastenfantasien beflügelte. Kurz, sie kam an in der Klasse, bei beiderlei Geschlecht. Schnell stieg sie auf in einen erlesenen Kreis von Mädchen, die sich mit Jungs aus der Oberstufe trafen und auf Partys gingen. Ein Kreis, zu dem der Pansen per Definition keinen Zutritt hatte, das wussten alle – nur er selbst offensichtlich nicht. Wahrscheinlich war Henna daran nicht vollends schuldlos, schließlich war sie eine derjenigen, die sich erbarmten, ab und an ein Wort mit dem Pansen zu wechseln. Dass er ihre unschuldige Zuwendung in den falschen Hals bekommen hatte, ist ihr vermutlich erst klar geworden, als er sie vor der versammelten Klasse auf dem Schulhof zum Eisessen eingeladen hatte.

Über den Ablauf des Rendezvous ist wenig überliefert, außer dass das ungleiche Paar in das zur damaligen Zeit bei uns Schülern angesagte, in der Nähe des Gymnasiums gelegene Eiscafé Dolomiti gegangen war, wo Henna den spendierten Spaghettieisbecher zügig auslöffelte, während der Pansen, der sich selbst nur ein Bällchen Schokoladeneis geleistet hatte, mit den Worten rang. Henna selbst hielt sich mit dem Reden zurück, vergaß jedoch nicht, ihren neuen Freund Benny zu erwähnen, mit dem sie seit nunmehr zwei Wochen zusammen war. Spätestens zu diesem Zeitpunkt hätte der Pansen erkennen müssen, dass aus der *La Belle et la Bête*-Romanze nichts werden konnte, insbesondere da Henna das Treffen nach einer knappen halben Stunde kühl mit nicht mehr als einem kurzen »Danke für das Eis« zu Ende gebracht haben musste, wie sie später glaubhaft zu versichern mochte.

Aber der Pansen ließ nicht locker. Er schrieb Henna einen Liebesbrief. In umständlichen Sätzen versicherte er ihr tintenfleckig, dass seine »zur Schau gestellte Arroganz nur Fassade« und er »tief in seinem Inneren ein netter Junge« sei. Ich sehe den Brief vor mir, als sei er ein der Akte angehängtes Beweisstück, ein auf gelochtes Karopapier mit weißem Rand gebanntes Geständnis, und spreche dabei nicht von meiner bildhaften Vorstellung der peinlichen Selbstenthüllung, sondern zehre von der Erinnerung an den tatsächlichen Liebesbrief. Ja, ich habe den Brief gesehen, beziehungsweise eine Fotokopie desselben, was mich in diesem Falle allerdings nicht zum exklusiven Insider macht, da mutmaßlich um die zweihundert Mitschüler ebenfalls Zeuge der Pansen'schen Realitätsverweigerung wurden.

Benjamin Peters hatte nach der noch augenzwinkernd zur Kenntnis genommenen Spaghettieis-Affäre begonnen, den liebestollen Pansen wenn nicht als Konkurrenz, dann zumindest als Imageproblem zu betrachten, da jener sich nun ernsthaft einbilden wollte, seine Freundin mit abgeschmackten Liebesbotschaften verführen zu können. Es galt den Pansen einmal kräftig abzukanzeln, also hatte er sich das Liebespamphlet von Hennas Schreibtisch geschnappt – sie hatte ihre aktive Teilnahme an der Aktion immer geleugnet –, es auf die Kopiermaschine gepackt und sich für zehn Mark zweihundert Kopien gegönnt, die er am nächsten Morgen noch vor der ersten Unterrichtsstunde paketweise an seine Freunde verteilte.

Pause. Alle Augen sind auf die beiden Ausgänge gerichtet, die unaufhörlich beranzte Schüler zum Freigang auf dem Schulhof ausspucken. Es ist immer noch April, aber heute hält sich die Sonne hinter einem grauen Wolkenschleier bedeckt. Der Strom will gerade versiegen, als der Pansen schließlich auf den Hof kommt und gedankenverloren in seine Ecke schleicht. Sofort bildet sich hinter seinem Rücken eine Traube jüngerer Schüler, die ihm verstohlen kichernd folgt, rangelnd einen Anführer bestimmt, der dann schnell wieder feige im Schutz der Menge verschwindet, um einen anderen nach vorne zu puschen. Der Pansen will offenbar weder seine feixenden Verfolger noch die Spalier stehenden Gaffer bemerken, steigt behäbig die drei Treppenstufen zu seiner Bank hinauf und findet dort eine akkurat mit vier Kieselsteinchen beschwerte Fotokopie eines handschriftlich beschriebenen Karoblattes. Als er den Liebesbrief in seinen Pranken hält, sehen wir, wie sich die blasse Gesichtsfarbe des Pansen verändert, nicht rot wird, aber dunkelgelbe Flecken bekommt. Erst sind sie kaum zu erkennen, aber schon als er die ersten Schritte macht, wuchert die Verfärbung wie ein Rorschachtest über beide Backen. Er läuft so schnell, wie wir ihn noch nie haben laufen sehen. Mit erhobenem Kopf bahnt er sich den Weg durch die lachenden Schüler, die ihm mit ihren kopierten Liebesbriefen hinterherwinken, ihm die Liebesschwüre rezitierend um die Ohren schlagen, wobei einer sogar in Volksschauspielermanier auf die Knie fällt und mit gefalteten Händen flehend die Passage vom netten Jungen *zum Besten gibt. Der Pansen lässt sich davon nicht beeindrucken. Sein gewaltiger Körper scheint wie magnetisch angezogen von einem Objekt am anderen Ende des Hofes, bewegt sich direkt darauf zu, duldet keine Hindernisse. Er räumt einen zu dreist gewordenen Sextaner mit dem Ellenbogen beseite, sodass dieser rückwärts über seinen Schulranzen purzelt, umkurvt die Tischtennisplatte, bäumt sich auf, wird zu einem gelben Riesen, der beinahe stolpert, sich aber gerade noch fängt und dann dem unschuldig grinsenden Benny die Nase zertrümmert.*

Selbst wenn ihm das Lehrerkollegium wohlwollend gestimmt gewesen wäre – die Brutalität, mit der er Benjamin Peters krankenhausreif geprügelt hatte, als auch seine Vorgeschichte mit etlichen Verweisen für unentschuldigtes Fehlen und Zuspätkommen ließen keinen Spielraum. Der Pansen flog mit Pauken und Trompeten von der Schule.

Es hielten sich Gerüchte, seine Mutter sei mit ihm wenige Wochen nach seinem Schulverweis zurück ins Ruhrgebiet gezogen. Manche Schüler behaupteten, er ginge zum neuen Schuljahr auf eine Gesamtschule in einem anderen Teil der Stadt. Andere kolportierten, der Pansen habe die Schule komplett abgebrochen und eine Ausbildung zum Fliesenleger begonnen. Tatsächlich habe ich ihn seit dem Vorfall auf dem Pausenhof nie wieder gesehen – bis ich ihn heute auf diesem Polizeifoto entdeckt habe.

Mit offenen Augen liegt der Pansen auf dem Kopfsteinpflaster. Wie ein dunkelroter Heiligenschein umgibt die Blutlache seinen leblosen Kopf und verleiht ihm das Aussehen eines Märtyrers auf einem mittelalterlichem Kirchengemälde. Er ist dünner, viel dünner, als er es zu Schulzeiten war, zumindest wollen mir die Fotos diesen Eindruck vermitteln. Ich betrachte noch einmal die Nahaufnahme seines verzerrten Gesichtes, die aufgerissenen Augen, das leuchtende Mal auf seiner Stirn. Der Pansen war in eine der bierseligen Schlägereien in der Altstadt geraten, die unsere Polizisten Wochenende für Wochenende auf Trab halten, aber meist glimpflich verlaufen, also mit gebrochenen Nasen und ausgeschlagenen Zähnen im Krankenhaus enden. Der Pansen hatte weniger Glück. Offensichtlich hatte er sich in eine ungleiche Auseinandersetzung eingemischt, bei der einer der Beteiligten bereits wehrlos am Boden lag und kräftige Tritte von zwei stark angetrunkenen Jugendlichen einstecken musste. Laut Zeugenaussage hatte der Pansen, trotz seines Gewichtsverlusts anscheinend noch kräftig wie eh und je, bereits einen der Angreifer außer Gefecht gesetzt, als ihm der zweite die Klinge seines Springmessers in die Flanke jagte und dabei seine Lunge so schwer verletzte, dass er augenblicklich zu Boden ging. Sein Überlebenskampf muss von kurzer Dauer gewesen sein, sodass der von Passanten eiligst herbeigerufene Notarzt nur noch den Tod feststellen konnte. Die beiden Täter wurden noch vor Ort festgenommen und glänzen auf Polizeifotos in meiner Akte.

Ich bin es gewohnt, mit Mord und Totschlag konfrontiert zu werden, das ist meine Arbeit. Es macht mir nichts mehr aus, Bilder von getöteten oder ermordeten Menschen zu sehen, dafür bin ich schon zu lange im Geschäft. Den Pansen auf den nüchtern durchnummerierten, mit Datum und Uhrzeit gekennzeichneten Polizeifotos wiederzuerkennen, den leblosen Körper aus unterschiedlich Winkeln abfotografiert, verwirrt mich allerdings doch auf eine gewisse Art und Weise. Immerhin habe ich den Toten als den dicken Jungen gekannt, der vor zwanzig Jahren wegen einer irrwitzigen Liebelei einem Schulkameraden vor aller Augen die Nase gebrochen und nicht zuletzt deswegen lange Zeit einen festen Platz in unseren gemeinsamen Jugenderinnerungen hatte. Ich habe mir nie Vorwürfe gemacht, dass ich ein Teil der Gruppe war, die dem Pansen das Leben zur Hölle gemacht haben musste, wir waren ja jung, noch halbe Kinder. Aber was spielt das jetzt auch noch für eine Rolle? Es ist spät, Zeit, die Akte zu schließen. Die Verhandlung findet nächste Woche statt, weitere Vorbereitung ist für mich nicht nötig. Es ist ein klarer Fall.

Ungeduldig warte ich darauf, dass die Fußgängerampel auf Grün springt. Es ist schon nach acht Uhr, ich werde zu spät zur ersten Stunde kommen. Es ist ein nebliger Herbstmorgen, vom gegenüberliegenden Schulgebäude sind nur die Konturen zu erkennen. Während ich von einem Bein auf das andere trete, um mir durch die Bewegung etwas Wärme zu verschaffen, fällt mein Blick auf den Zettel, der fein säuberlich mit Tesafilm am Ampelmast befestigt ist. Er hat Wind und Wetter überstanden, den langen hei-

ßen Sommer, die plötzlichen Schauer, den ersten Kälteeinbruch. Die obere Hälfte ist von einer Wohnungssuchanzeige überklebt, der Rest teilweise unkenntlich, verwaschen vom Regen. Aber noch immer kann jeder Passant, der wie ich bei Rot an der Ampel warten muss, die Zeilen lesen, die mit Tief in meinem Inneren beginnen.

Jan Skudlarek
regenpanoramen : elektrometeore
[knapp 15 skizzen]

> When a man is hit by lightning, his head burns down
> to a smoldering baseball and his zipper welds itself shut.
> TYLER DURDEN

> It's raining stair rods, not steroids.
> MILES KINGTON

§1

apathischer regen | gestern blätterte noch schnee in die straße | lack vom fensterbrett vogelgezwitscher nieseln zwischen die zeilen | vorm sbahnhof ein röcheln hinein in die sprache, der mundraum als kabinett

       im hinterstübchen der duft zerriebener orangenschalen | wochenlanges köcheln in den mündern | zentnerweise abendsonne

       die wahrnehmung in trockenen tüchern

ockerfarben schimmern verschwimmen die ränder fremder häuser | ihre goldnen linien locken im schneckentempo den blick | abschüssig unsre argus – nein – unsre aus

gefransten augen

§2

die whiskyfarbene sonne | ihr zähflüssiges verkippen hinterm elternhaus | wie aufgeschnittene pulsadern | plus wir sind vorbereitet: hinreichend pathetische metaphorik *& auch 'n paar* amphetamine im stoff

wechselhaft bleibt das wetter trotz high definition
schwer zu sagen ob wirklich wirklich winter ist | inwiefern | ja ja jede jahreszeit hat ihre leichen im kellergewölbe | womöglich fällt bald wieder skeptizistischer schnee

§3

paragraph drei. dreifaltige äxte.
mithin auch ausgedehnte substanz,
leib als lückentext:

& descartes gegen eine platane gelehnt | seine bewölkte stirn | plus wächserner körper
grelle turnschuhe trägt er im sauren regen recht anachron | metaphysik
is' irgendwie so nullerjahre

§4

anschließend
alle gottesbeweise aus der mode, alles *so singin' in the rain* | fallen vögel vom himmel wie nasses frottee | gehen wir bei wolkenbruch | – wortfrakturen – | auf teufel komm' raus barfuß tingeln
durch die umnachtete stadt mit diesem dementen gene-kelly-
lächeln

§5

gottseidank   im herzen stubenhocker | am nächsten nachmittag schneewittchenschauer laufen uns kalt den rücken runter | abwechselnd | flocken in popcorngröße | tropfen wie paintballkugeln p-p-p-eng

wir päppeln die e's in schneeregen auf | die vier sind ganz durchgefroren

§6

tropfen die wie psalme niederschlagen auf unsre atheistenschädel | jetzt heißt es bloß nicht
                        den kopf verlieren | mehr als eine redewendung, rück:blende
frühling 1946 auf dem heimweg von einer tour die taschen voller dollar | alles reimgewinn | in einem motel jedenfalls | mike der kopflose hahn seit über achtzehn monaten kopflos | teile des hirnstamms intakt nach dem axthieb | lloyd olsen ernährt ihn durch eine pipette saugt schleim ab mit einer spritze;
      weiterhin versucht der vogel zu krähen | aus dem hals lediglich ein *gurgeln*
jedenfalls: während es anfängt aus eimern & kübeln, nein, ganze katzen und hunde, da wird ihm
                                                     zu früher stunde klar:
pipette spritze vergessen auf dem letzten tourstop | nachts nichts zum absaugen da | hilflos der hahn am gurgeln röcheln | mike macht große augen | erstickt im motel   goodbye
                                                                                               k
                                                                                               i
                                                                                               m
dunkelviolettfastschwarze himmel, es donnert | erste elektrometeore

§7

auch am folgetag noch elendiges wetter | in colorado | aber genug geschichte zurück | zu anderen gedichtinterna
                                                bspw.:
sonnenanbetend im urlaub, du+ich zwei ketzer am pool | auf ihren häretischen handtüchern
                                    als die stimmung kippt | im sekundenschlaf
ballen sich wolken zur faust | *ex nihilo* hagelt's körner groß wie kuhaugen
                passiert wenn ein luftpaket instabil wird | ich wiederhole das wort *luftpaket*
und atme ein auf dem hotelzimmer | atme aus aschewolken in anthrazit &
   es bilden sich neue gewitterzellen in grau | burgunder im mund | und jedes molekül bewegt sich
                dreht sich um die nächstbeste alliteration

§8

the devil is beating his wife | wolken die herunterhängen wie angelbleie
    schwer die glieder | auf der weide *willow* ein ausgefranster kuhschweif
    & elektrisch eingezäunte gescheckte reime | die wetterfühlig werden auf einen schlag
    löchrigen asphalt fällt fedeleichter fällt regen | allmählich durchtränkt
die landstraße | stillt ihren durst zeitgleich ein strahlen
        sprichmirnach: die s o l i p s i s t i s c h e sonne

§9

    Den Regenschirm zumachen: Umschreibung für sterben, bes. im alem. Sprachgebiet […]

sprachliche turbulenzn aus'm cockpit der captain in gebrechlichem englisch & wir die wir mit
unsren glasknochen sitzen sitzenbleiben müssen auf pleaseremainseatedsitzen soll zwar alles
sicher sein als autofahren statistisch die dreizehn spart man sich dennoch pro forma beim ein
flug ins gewitter zittern selbst die stewardessen aus lautlichen gründen angstschweiß in der luft
löcher ein lächerlich kurzer weg vom tomatensaft zur metaphysik
        die witterung als blickdichte decke unbekanntes sprachgebiet
unten terra incognita draußen hat sich was zusammengebraut die stirn glüht wie ein leuchtsignal
anschnallzeichen beide hände zur faust & sie steht dir ins gesicht geschrieben ins gedicht die
    frage ob dies etwa der moment sei den regenschirm zuzumachen : **todesanxxt?**

§10

ja, 1 mal : heute früh | da war der himmel ein offenes meer | in das mein blick hinauszutreiben
drohte

§11

                dieses eine schwarzweißfoto von descartes
beweisfoto | zeigt seinen arthritischen körper gebeugt über die verschlossenen augen eines toten
ein kaltes geschehen gelenkverschleiß   's verpuppt sich der himmel also
                              über stockholm

§12

statischer regen mittternacht
  an silvester das hundegebell
    des vorjahres noch in den ohren
      noch in unsren knisternden knochen
        die wir zwölf mal abnagen nach semantik
          wir suchen bloß nach einem fitzelchen sinn :

§14

    1)
    letzten endes dein völlig entvölkertes gesicht
    nach durchwachter nacht krustiges blut am

    nasen loch wer speed ziehen will muß leiden
    sind nur noch auf sparflamme unsre münder

    übrigens wachstum reife & zerfall jeder zelle
    gewitterwolken kennen das vanitasprinzip

    2)
    gedichtveteranen sind wir mittlerweile schon
    so lange fortbestehendes mobiliar, macht nix

    dass es immer noch regnet von zeit zu zeit
    zucken fledermäuse im garten umher wie

    wie-vergleiche

    3)
    mein immerfort mahlender kiefer kaltblütig
    glimmende sterne und glühwürmchen die auf

    und ab tauchen in der luft wie bits und bytes
    nullen und einsen aus denen man nicht schlau

    4)
    der regen hin und wieder als fremdsprache res
    cogitans. überlegen wir uns eine neue disziplin

    metameteorologie bspw. denn es gilt immer
    neue sprachreservoire anzuzapfen

§15

man denke sich: unsre rein platonischen mundhöhlen
ihr schattentheater | (affentheater)

Manuel Stallbaumer
Gedichte

vollständig ausgeräumt/du wirfst
ein paar blicke ab/schütterst auf zitterst
geringfügig (kinnhoch aufgetragen: brot
und) in den takelagen war's sichtbar
geworden dass die einen zu wenig und die
andern auch

im herbizidpool/umgeben von zirpenden
DNA und soundsequenzen in messbaren
abständen/hatte meinen finger auf wasser
gelegt dass sich wie zum trotz auf der
brüstung hielt/hatte gefahr laufen und

warten können/mitnichten/'s ist dienstag
/die ratten bleiben auf dem schiff/wir
ziehen ein wir ziehen uns aus und
hinterlegen uns nachrichten durch's leise
rotieren der ventilatoren/daran ist sich zu
gewöhnen/und an die hitze

vornübersinken/sich ineinander aufgeben auf
dem rücken verknotete taubenschwärme flattern
rauchschwaden

                zusammengetrocknete schippen
schnee fort und mitsprache
recht schroff anzusehende brustansätze
fast flüsternd (emmi baum:«muss mich ...»)
                von hier wegmelden

regungen im fieberschacht die eigentliche hitze an
hand umliegender schicksale hand an
legen hinaus legen nichts mehr

außer schlick auf deine schläfen

genug von
eigentlichkeiten   spärlichen
atemversuchen an doppelt eingeschlagenen
scheiben die frisch eingetroffenen fußabdrücke du

                        flößt mich mir ein
hinter hamburger gittern

absperrbänder/kollidieren mit böen am
    it's the way you move your body
fenstergriff innegehaltene nackenpartien fast
körperlich gespürte ausstiche aus den sauerstoff
vorräten

    CRIME SCENE DO NOT CROSS begräb

nisse/dazu maultrommelsoundtrack die flüchtig getaggten
ernstjandlmemoarien (»*särge schmiert man nicht aufs
brot*«) ins rückgrat gebröckelte geständnisse bei weitem
keine geografischen begriffe wer hat angst vorm
revolutionären subjekt   wir jeden

falls nicht

ausfälle/es liegt an den antennen an
den mund zu voll genommenen reihungen

                        man könnte
medizinische erklärungen finden
            oder es belassen
wie es sein wird schließlich wird
wer nichts wird
                dichter oder macht in
himmelsformationen/sky info (schon klar es ist
das üblich abzähläugige assoziieren poetischer
screenshots von sendestörungen ineinander gelagerter
ebenen) wer wusste vom aufmarschieren
vom plötzlichen dasein der fassaden beim austreten
wir verließen die von blaustichigen bildschirmschonern
besetzten häuser und waren erneut auf uns gestellt von
dort aus gesehen wo sich die wege

        austasten/& immer jemand der
im zustand der schuhsohlen etwas sieht und aufgreift z. b.
brachialverknüpfungen/das gerede von entmündigungen
an regentagen wir treffen uns in kneipen und später in
wachsalons wo sie sich längst etabliert hat die einsamkeit
(wem jetzt noch nach lachen zumute ist: der frühling holt
uns ein auf sanften pfoten) es sind
                              geschichten zu erzählen
auf handytastaturen schnell abgearbeitet vermutlich
deswegen dieser eindruck von belanglosigkeit und der
gleichen zuständen in magengegenden stürzt ins gewisse

etwas/das ist schon okay

sichtungen / unbekannter flugobjekte schön
und nützlich zugleich den umfassenderen kann
man getrost erzählen vom äußeren das alles ver
suchen wir als ausnahmen hervorzubringen ver
legen uns auf produktionsprozesse und deren ver
hältnisse widerzuspiegeln im allzudringlichen
dieses

        kauderwelsch
der nächte zerrinnt mir zwischen den

   nun / ich spreche von schlaf der nicht
eintritt man posiert auf bordsteinkanten vor
taubenschlägen und abends auf dem balkon
(einzige leistung der architektin: die aussicht
und einsicht) »wir haben versagt« sagst du
jemand ergänzt »an diesem bahnhof fährt
schon lange nichts mehr« nun gut nach hause
kommt man immer wir verlassen die wohnung
und nehmen den bus /

   zu hause schalten
wir den fernseher auf stumm und sehen weg
manövrieren uns in verlaufs und auflaufs
formen und überhaupt unterm haupt verlegen
wir uns aufs abklopfen (der brustkörbe von
innen und) der treppenabsätze dort warten
flaschenhals an flaschenhals oder auch
bestürzt
  alle anderen
     sind schon da

1 nachricht von c. um 02:02
(»Vodka damnt god«) so drunk im
historischen stadtzentrum von alle
wege führn nach whatever uns folgen

fährtenleser / die flugs aufgespürten rauchsäulen
kollaborateure aus den schloten unlängst umgangene
wurmlöchcher /   pupillenweit horchen wir
beim austritt aus legbaren körpern /   fallen viel eher
unters beiläufige wie schneepflüge wenn

von luft die rede ist von offenen ventilen von
brillenrändern verschwindest du in wasserdampf wie

kraniche

                                                                ... oder
irgend vögel / und ausgewaschenes ach ständig
ungenaues aus
                                        dünstungen
nun ist genug von allem der winter

gibt die struktur vor / konservierungsversuche kaum
genutzter gaumenabschnitte in festgelegten abständen
schwingen dachluken auf wir eignen uns
verästelungen an / beim hinausstarren und
aufschieben der haltbarkeiten

erstens: an dir/dermaßen einhalt zu g
bieten dem beständigen *singin' in the*
exakt jenem auseinanderstieben beim
rasseln ausrangierter straßenbahnen
an leipziger regentagen sich entlangzuhangeln
an oberleitungen aufhängen an masten

wir haben uns
                                        eingefunden
im komfortablen konjunktiv haben
kein grab auf dem zu laufen wäre

haben kalte ölschlieren und die gleise wie
spuren verfolgt richtung zivilisationszustände/

                sind
an cocacolaschriftzügen abzulesen
bremsten one step too far um tragisch un
tragbar & haTikwa is a commercial
für das bessere leben

                    /als schnee fiel
(es fiel keiner) stand man erneut am anfang
z.b. in einer kantine in belgrad wo sich
durch brotkörbe wühlende aufzulösen
schienen als kaum später exjugoslawische
scheinwerfer durchs haar

    gefiltert wie

zweitens: all / die gegenfortsätze sich
auf wölbend und unverzehrt syndrom
einer anatomischen sonderheit christi
fleisch und blumen im halsnasenohrenbereich:
dem radarschirm
                mehr aufmerksamkeit zu widmen
gerade erst geschlüpftes zu entdecken bei nacht

bilden einschlafen und aufwachen eine
annähernd schlingernde linie zwiesprung
über nicht einzuschätzende schluchten
noch sicht: zerbombtes und völlig verloren:

        ich das alles lässt zweif

und du auch

all rights reserved: drittens

haben sie beweise/nein/als
ob die toten einhörner nicht
genug wären/   solche

konversationen führen und andere wie:
        baby, ich bin eine metapher
rückwärtigkeiten/durchn hektographen
gejagte auskünfte zu wetter
                und lebensdauer

überstunden für jene ölverschmierten
an den maschinen/die verfügbarkeit
von schultern war nicht hinreichend
geklärt/du sprachst vorsorglich
an eine wand gelehnt kein wort

es würde stunden dauern das zu synchronisieren

selbstgespräche an/autotüren
und parkbänken hinter denen
wir nach hilfe suchten
                      /nicht viel
zu finden im dunkeln aber lebensrettende
maßnahmen arteten aus in spärliche mund-zu-mund-
wo ich herkomme gibt es fachwerkhäuser die haben
mir auch nichts gebracht

nicht mehr als ameisen und ihre vermeintlich
zertretenen hügel/ähnlich karge einbuchtungen
an hochgestreckten armen annäherungsversuche
sich daran durch die welt fingern
                        vorbei an
bewohnten menschen // (prognose: ansichten aus
dem dritten stock bei 51°20' 12°22') // letzte
reserven in infusionsbeuteln eskortierten uns
hinaus/um zu wenden und wieder zu wenden

Janna Steenfatt
Somebody in Texas loves me

Es gab keine Dämmerung in diesen letzten Tagen des Jahres, keine Farben, die, schon im Verschwinden begriffen, für einen kurzen Moment eine Spur hinterließen am Himmel, keine Veränderung des Lichtes, nur dessen plötzliche Abwesenheit, ein Ineinanderbrechen von Himmel und Erde mitten am Tag, einem Stromausfall gleich; dann schaltete sich wie von selbst und mit leisem Klirren die Beleuchtung ein, die Straßenlaternen, das Schild am Eingang zur S-Bahnstation, die Zigarettenreklame auf dem Museum am Anfang der Reeperbahn, die Verkehrsschilder am Laternenpfahl gegenüber, die den Weg wiesen, zur A7 nach Flensburg im Westen, zu den Hafenfähren im Osten.

Jahrhundertwinter, sagten sie im Radio, der größte Schneefall seit 1979, dem Jahr, in dem Anabel geboren wurde. Ich habe nie an Zufälle geglaubt. Zwischen den Nachrichten spielten sie *Last Christmas* in Endlosschleife. Anabel stand im Flur vor dem großen Spiegel und telefonierte mit ihrer Schwester in Andalusien, weinte und zerrte unwillkürlich ihre schwarzen Korkenzieherlocken in die Länge; Wörter, die mir fremd waren, rollten aus ihr heraus und breiteten sich in der Wohnung aus, ein Klangteppich, der mich schläfrig machte. Anabel war schön, immer, aber besonders, wenn sie weinte, und ich lehnte im Türrahmen zur Küche und sah zu, wie ihr Gesicht sich auflöste. Es dauerte eine Weile, bis sie mich bemerkte, für eine Sekunde erstarrte und etwas kurzes, schroff Klingendes ins Telefon nuschelte, bevor sie zu der ihr eigenen Haltung des sich beobachtet Wissens zurückfand und mir ihren durchgedrückten, verspannten Rücken zukehrte.

Nebenan fiel die Tür ins Schloss, Schritte näherten sich auf dem Laubengang, ein lautes Klopfen, dann Kasimirs Stimme, die vorgab, dem Weihnachtsmann zu gehören. Anabel verabschiedete sich schreiend ins Telefon, wischte sich mit dem Ärmel die Wangen und öffnete die Tür. Kasimir trug Militärstiefel und einen Bademantel aus rotem Frotteestoff, darunter nichts, zur Feier des Tages. Unter den linken Arm hatte er seine Katze geklemmt, mit der rechten Hand schleifte er einen Tannenbaum hinter sich her, einen kleinwüchsigen, um nicht zu sagen: mickrigen, mageren, nichtswürdigen Weihnachtsbaumanwärter, den er letzte Nacht auf dem Heiligengeistfeld gestohlen hatte. Kasimir warf Anabel die Katze an den Kopf, knallte den Baum in die Ecke des Zimmers, stemmte die Fäuste in die Hüften und betrachtete schnaufend seinen Fund, *na, was sagt ihr?*

Anabel legte den Kopf schief und ein kompromissbereites Gesicht auf, die Katze flüchtete unter das Sofa. Sie trug keinen Namen, Kasimir fand das unnötig, er hatte sie in einer Mülltonne auf dem Fischmarkt gefunden, sie war nur eine Katze und sollte Katze heißen, wie er mir einmal erklärt hatte, ich fand das seltsam.

Kasimir schnaufte noch immer, setzte die Kapuze ab, kratze sich seinen zotteligen Bart, zog eine Flasche Wodka aus der Tasche des Bademantels und schenkte drei Gläser randvoll. Wir stießen an, *auf die Liebe*, Kasimir lachte heiser, küsste Anabel auf den Hals und sah mich dabei herausfordernd an. Der Wodka schmeckte nach Zimt und legte eine Feuerschneise durch meinen Körper. Ich betrachtete Anabel, die Kasimir gönnerhaft ihren Körper zudrehte und mich dabei über die Schulter ansah, ich prostete ihr zu, *auf die Liebe.*

Ich ging in die Küche und stellte mich ans Fenster, die graue Wand im Hof war nur noch schwach zu erahnen. An der Wand über dem Küchentisch hing ein Foto von Anabel und mir, das wir einige Tage zuvor auf dem Rathausmarkt hatten aufnehmen lassen, wo man sich mit bunten Paketen in den Armen vor einem geschmückten Weihnachtsbaum fotografieren lassen konnte. Anabel strahlte, ich sah sehr ernst aus und hielt, mit einem erschrockenen Gesichtsausdruck, über den sie sich seither lustig machte, ein rotes Paket mit goldener Schleife umklammert.

Neben dem Bild hing ein kleiner Zettel, eine Nachricht, die Anabel mir eines morgens auf dem Küchentisch hinterlassen hatte, hastig mit blauem Kugelschreiber auf die Rückseite eines Kassenbons gekritzelte drei Buchstaben: t. q. m., *te quiero mucho*, als würde das etwas bedeuten.

Aus dem Wohnzimmer hörte ich Kasimir stöhnen. Die Tür stand einen Spalt breit offen und ich sah Anabels Kopf auf der Sofalehne, sie sah mich an. Sie trug diese stille Direktheit in ihren Kastanienaugen, die mich wahnsinnig machte. Diese dezente, charmante Unverschämtheit. Ich zögerte, blieb einen kurzen Moment an der Tür stehen und hielt ihren Blick. Kasimirs Anwesenheit nahm ich nur durch Anabels Körper wahr, die Bewegung, in der sie sich befand, das Hin- und Hergeschobenwerden, eine behaarte Hand, die sich unter ihren Pullover schob, nach einer Brust griff, hineingriff. Ich stellte das Radio an und wusch das Geschirr ab, das sich neben dem Becken stapelte. Die Katze strich mir um die Beine, ich hörte Kasimir grunzen, stellte das Radio lauter, *Last Christmas, I gave you my Heart,* ich sang laut mit, stellte der Katze eine Schale Milch auf den Boden, *but the very next day, you gave it away.*

Anabel schlurfte in die Küche, knöpfte ihre Jeans zu, legte den Kopf an meine Schulter, nahm ihn wieder fort, trank einen Schluck Milch aus der Flasche, stellte das Radio aus und sah mich an, dieser Blick, zum Dreinschlagen. Zum Küssen. Ich hörte Kasimir im Badezimmer bei offener Tür und laut singend pissen. Anabel wischte sich Milch vom Kinn und verließ den Raum. Kasimir kam in die Küche, nackt, bis auf ein paar grobgestrickte Wollsocken, die sich an den Hacken auflösten, er nahm die Katze hoch, ließ sie wieder fallen, weil sie ihn kratzte, stellte sich neben mich, drehte eine Zigarette, strich sich über den Bauch, sah mich ungeniert von oben bis unten an und fragte, *bist du eigentlich lesbisch?* Und, als ich nicht antwortete, *würdest du trotzdem mit mir schlafen?*

Fick dich ins Knie, antwortete ich und Kasimir lachte und sagte *Frohe Weihnachten. – Das sagt man heute noch nicht,* belehrte ich ihn und bemühte mich, sachlich zu klingen. *Heute ist der Heilige Abend, morgen ist Weihnachten. – Heilige Scheiße,* sagte Kasimir, zündete die Zigarette an, blies den Rauch in meine Richtung und ging nach nebenan.

Ich kochte echten Kakao, mit Zimt und einer Prise Cayennepfeffer, füllte ihn in eine bauchige Tasse und brachte ihn Anabel, die in der Badewanne lag. Ich setzte mich auf den Wannenrand und betrachtete ihren Körper, die schwarzen Locken, die auf dem

Wasser schwammen wie Algen, die dunklen Brustwarzen, die die Wasseroberfläche durchbrachen, das Muttermal auf ihrer Wange, die Narben auf ihren Unterarmen, über die sie nicht sprach. Anabel lächelte, zog meine Hand ins Wasser und ließ mich vollenden, was Kasimir begonnen hatte, die Katze saß auf dem Klodeckel und sah uns aufmerksam zu, im Wohnzimmer sang Kasimir ein trauriges, russisches Lied.

Wir suchten die Wohnung ab und schmückten den Baum mit allem, was wir fanden. Ich schnitt eine lange, rote Schleife in kleine Streifen, die ich um die Äste band, Kasimir verhedderte sich in einer Lichterkette, Anabel saß auf dem Sofa, zupfte an ihrer Unterlippe, verströmte einen Geruch von Orange und Nivea und sah uns zu; sie hatte ein Handtuch um den Kopf gewickelt und trug ein viel zu großes, rotes T-Shirt mit zwei Herzen darauf und der Aufschrift *Somebody in Texas loves me*, sie sah darin aus wie ein Kind, das gleich schlafen gehen muss, und ich war sicher, dass jemand in Texas sie liebte, auch wenn ich nicht wusste, ob sie jemals in Texas gewesen war, ich war sehr sicher, dass es überall auf der Welt jemanden gab, in all den Städten, in denen sie gelebt hatte, was nicht wenige waren, einen oder zwei Idioten, die sie liebten und auf sie warteten und sie wahrscheinlich nicht wiedersehen würden. Als Kasimir eine Schachtel Tampons aus dem Badezimmer holte und anfing, sie auszupacken und im Baum zu verteilen, brach Anabel in ein hysterisches Gelächter aus, das unvermittelt in ein Weinen überging, und Kasimir und ich standen vor ihr, ratlos Seite an Seite, und betrachteten sie, wie mäßig besorgte Eltern ihr wieder einmal weinendes Kind, das jetzt wirklich bald schlafen gehen sollte. In den umliegenden Häusern gingen die Lichter an, normale Menschen feierten normal Weihnachten. Ich setzte mich neben Anabel auf das Sofa und nahm die Katze auf den Schoß, Kasimir schaltete die Lichterkette ein, und sie leuchtete schief und irgendwie trotzdem schön von den Zweigen des Baumes. Eine Weile sagte niemand etwas. Kasimir war sichtlich zufrieden mit sich und seinem prachtvollen Weihnachtsbaum, vor dem er sich aufbaute und ihn lange und mit einem Anflug von Rührung im Gesicht betrachtete. Er trank den Wodka aus der Flasche und kratzte sich gedankenverloren den Bauch, sein Schwanz baumelte schlaff, die Katze saß angespannt zu seinen Füßen und fixierte ihn, und ich wartete darauf, dass sie ihn anfiel. Kasimir knallte die Wodkaflasche auf den Tisch, band sich sorgfältig einen Rest roter Schleife um den Schwanz und brüllte *Anuschka, ich habe ein Geschenk für dich!*

Ich nahm die Flasche und sah aus dem Fenster. Vor dem Hotel gegenüber strahlte ein vier Meter hoher Weihnachtsbaum. Ein paar Fenster waren erleuchtet, und ich stellte mir vor, am heutigen Abend in einem Hotelzimmer zu sitzen, allein, mit einer Neonschrift auf dem Fernsehbildschirm, die zur Begrüßung sagt, *Herzlich Willkommen, wir wünschen Ihnen ein angenehmes Weihnachtsfest*, ich fragte mich, ob das eventuell furchtbar wäre, oder nicht doch eigentlich genau das, wonach ich mich sehnte, hinter mir rannte Anabel kreischend vor Kasimir davon. Nach ein paar Runden warf sie sich auf das Sofa, zog mich am Hosenbein und sagte, *ich will ausgehen*.

Draußen war St. Pauli und Nacht und Schnee. Wir liefen die verwaiste Große Freiheit hoch, die Türsteher vor den Clubs und Bars gaben sich keine Mühe, uns hineinzulocken. Kasimir trug eine Pelzmütze, und unter dem Mantel die Katze, die unglücklich aussah. Er hatte die Wodkaflasche in der Hand, er war allerbester Laune, steuerte zielstrebig auf einen Hinterhof und in eine Karaokebar. Hinter dem Tresen standen eine alte Asiatin und ein Mann unbestimmbaren Alters, niemand beachtete uns. Kasimir sagte etwas zu der Alten, die sich wortlos umdrehte und anfing, Früchte zu zerschneiden, der Mann setzte sich in Bewegung und begann, auf der Musikanlage herumzudrücken, bis auf dem Flachbildschirm an der Wand ein Logo aufleuchtete. An der Decke drehte sich langsam eine Discokugel, die Wände waren mit pink- und türkisfarben leuchtenden Lichterketten geschmückt. Ich warf Anabel einen langen Blick zu, aber sie wollte sich nicht solidarisieren, blieb schicksalsergeben hinter Kasimir stehen und behielt ihren Mantel an. Die Alte servierte uns wortlos giftgrüne Cocktails, die ungenießbar süß schmeckten, aus den Boxen schepperten ein paar Synthesizerakkorde, dann tauchte auf dem blauen Hintergrund eine gelbe Schrift auf und Kasimir sang *My Way*.

Ich stellte meinen Cocktail auf einem freien Tisch ab und sah aus dem Fenster. Kasimir drehte sich applausheischend zu Anabel um, die da stand, als müsse sie bis in alle Ewigkeit so stehen, die Hände in den Manteltaschen, den Rücken durchgedrückt. Ich fragte die Alte nach der Toilette und wurde mit einer zackigen Kopfbewegung hinter den Tresen geschickt, in einen winzigen, nicht abschließbaren Raum. Ich öffnete das vergitterte Fenster und blickte in einen schwarzen Hof, in dem nur schwach ein paar eingeschneite Mülltonnen zu erkennen waren. Ich blieb eine Weile dort am Fenster stehen und dachte an all die eventuell traurigen Männer und Frauen in Texas, stellte mir Anabel mit einem Cowboyhut vor, ich hatte Lust zu rauchen und ärgerte mich, keinen Tabak eingesteckt zu haben. Als ich zurückkam, standen Anabel und Kasimir wartend an der Tür, Kasimir hielt die Katze im Arm und sagte *wo bleibst du denn*. Im Gehen rief er den Asiaten *Frohe Weihnachten* zu, aber sie beachteten ihn nicht.

Im St. Pauli Eck küsste Kasimir der dicken rothaarigen Wirtin, die in ein abwehrendes, heiseres Lachen verfiel, die Hand und schob uns auf eine Bank in der Ecke. Die Katze kletterte auf meinen Schoß, sie sah mitgenommen aus und stank. Kasimir orderte am Tresen drei Flaschen Bier. Die alten Männer, die dort saßen, wahrscheinlich schon seit zwanzig oder dreißig Jahren, und sich nicht von einem heiligen Abend davon abhalten ließen, schauten zwischen Kasimir und uns hin und her und warfen ihm halb belustigte, halb anerkennende Blicke zu. Ich betrachtete die vergilbten Fußballerfotos an den Wänden. Anabel ging zur Toilette, Kasimir brachte das Bier und sah ihr schulterzuckend hinterher. Ich prostete ihm zu und sagte: *auf die Liebe*, Kasimir schlug mit der Faust auf den Tisch und lachte schallend.

Als die Musik nach einer Weile verstummte, erhob sich am Tresen ein großer, schmaler Mann, schälte sich schwerfällig aus der Reihe der Rücken, ging langsam zur Jukebox, kramte eine Münze aus der Hosentasche und warf sie ein. Als *A Whiter Shade of Pale* erklang, trat Anabel aus der Toilettentür. Der Matrose – ich wusste nicht, wer oder was er war, aber ich hatte das Gefühl, dass er Matrose war, ein großer, einsamer Matrose, der um die Welt gesegelt war und viele Mädchen geliebt hatte, vielleicht hatten sie sterben müssen, vielleicht war er Schuld daran –, der Matrose sah Anabel an und Anabel sah zurück, mit einem Blick, den ich kannte. Er war sehr groß und hager, mit kahl rasiertem

Schädel und traurigen Augen, das genaue Gegenteil von Kasimir. Er streckte Anabel seine Hand hin, und ich sah, wie sie die Hand nahm, das Gesicht an seine schmale Schulter legte und die Augen schloss, und aus dem Augenwinkel sah ich Kasimir, der mechanisch anfing, die Katze zu streicheln. Der Matrose flüsterte in Anabels Ohr, und sie warf den Kopf in den Nacken und lachte und drehte sich langsam mit geschlossenen Augen, Kasimir trank seine Flasche in einem Zug leer und rutschte geräuschlos unter den Tisch. Ich bestellte noch eine Runde, breitete meine Arme über die Lehne aus, trank mein Bier und sah Anabel und dem Matrosen zu, ich war endlich betrunken, mir war warm und ich fühlte mich plötzlich wohl.

Wir liefen schweigend die Davidstraße hoch bis zum Sailors Inn, wodurch ich mich bestätigt sah. Der Matrose trat die Haustür auf und führte uns durch ein nach Schimmel riechendes Treppenhaus in den vierten Stock, schloss die Wohnungstür auf, knipste das Licht an und verschwand in der Küche. Kasimir schwankte und ließ die Katze fallen. Anabel drehte sich zu mir um, sah mich, zum ersten Mal seit Stunden, an, in ihrem Blick lag etwas Mildes, Entschuldigendes. Ich legte meine Hand an ihre kalte Wange. Der Matrose brachte zwei Dosen Bier und eine Flasche Weißwein, drückte Kasimir und mir jeweils eine Bierdose in die Hand, zog Anabel hinter sich her in ein Zimmer und schloss die Tür. Eine Weile standen wir still im Flur unter einer nackten Glühbirne, um unsere Füße versickerten Tauwasserpfützen im fleckigen Teppich. Kasimir starrte ungläubig auf die Tür, durch die Anabel und der Matrose verschwunden waren. Ich ging in die Küche, wo meine Schuhsolen am Linoleum kleben blieben und sich leise schmatzend lösten, auf der Spüle stapelten sich schmutzige Teller und Gläser, in den Ecken eine beeindruckende Anzahl leerer Weinflaschen. Ich öffnete den Kühlschrank, in dem eine Packung Milch und eine Flasche Ketchup vegetierten. Ich war nicht hungrig, ich wollte sehen, wer hier wohnte, ob hier überhaupt jemand wohnte, oder ob hier lediglich einer die wenigen Nächte verbrachte, in denen sein Schiff im Hafen lag. Im Zimmer, das der Küche gegenüberlag, stand ein graues Sofa vor dem Fenster, das Zimmer war kalt. Auf dem Sofa saß Kasimir und trank, die Leuchtschrift des Sailors Inn flackerte und warf einen schwachen grünen Schein auf sein Gesicht, durch das Fenster konnte man zwischen Baumgerippen ein Stück Hafen erkennen.

Ich hatte dieses Bild im Kopf, Anabel und ich, Tage, Wochen vorher, als alles noch möglich schien: Wir standen am Rand der zugefrorenen Alster, das Eis war dünn und noch nicht freigegeben, über dem gegenüberliegenden Ufer hing Nebel, Anabel rannte plötzlich los, rannte immer weiter auf das Eis, ich hatte Angst um sie und wünschte mir, dass ihr etwas zustieße, damit ich sie retten könnte.

Ich setzte mich neben Kasimir, der nach feuchter Katze roch. Aus dem Nebenzimmer kamen vertraute Geräusche, Kasimirs Kopf sank auf meine Schulter, er weinte. Ich sah auf die Uhr, es war kurz nach drei. *Jetzt*, sagte ich und legte den Arm um Kasimirs Schultern, *jetzt ist Weihnachten.*

Sebastian Unger
Gedichte

Ausbrüche aus Borges' Zoo [1–3]

[1] Borametz – Das pflanzliche Lamm

Schmerz ist ein Lehnwort der Anatomie
die Größenbestimmung von Mais und Mensch – die Überlandleitung
die das elektrische Kornfeld vor dem Abheben schützt
der Juni ruft die elastischen Tiere zurück, den ganzen Weg
die Sonnenwende und ausrollbaren Donnerstage, die Beete und Kirchen
die rasende Farbverschwendung
wir fragen Borametz – das unheilbar pflanzliche Lamm
nach seiner Not

»Dass Pferde sich selbst nicht geheuer sind (sie lauschen von außen an sich) –
das muss ein Ende haben
dass Hunde sich selbst überholen (und schließlich vor sich leben)
mit hinderlich fliegendem Bein – das muss ein Ende haben
dass der Körper in den Spiegeln und Gebirgsbächen wohnt
als Lebendmetall (die Krankheit der Tiere) –
das muss ein Ende haben
so wuchs ich von der Weide weg indem ich fraß«

Es nieselte
wir nahmen Borametz mit nach Haus
es starrte auf die Autobahn, als wollte es noch etwas sagen
wir gaben ihm Futter und den organischen Teil seiner Trauer zumindest
wuschen wir täglich
wir verhüllten die Sechsuhrglocken der nahen Kirche, wir verhüllten den Sommer
wir überschlugen die Summe der Insekten
und nannten die Zahl, in der kein Drängen mehr war
doch es sprach nie wieder mit uns

[2] Wie sich B., der dreibeinige Esel, zurückzog

Als sich der dreibeinige Esel setzte, war es hinüber mit der Außenwelt
das unauffindbare Abseits der Längengrade
betritt sich wie im Mund zerbissenes Obst mit einem Knacken

Der Kopf und seine Sieben Sachen, ein Schaltkranz der Glieder
als er schlief, war in der Erdbahn stillgestellt
Nur ein Traum, der an den Ohren zog
entgegen der Fliehkraft, wie es durch Fenster zieht: Die Erinnerung
dass aus den Rändern des Kissens magnetisches Stroh quoll –
bis es kippte
sah er leise zu: Das Zimmer
das sich aus der Achse einer Nachttischlampe löst und einschwenkt
in die Kreisfahrt der Sterne

Von den Gliedern her
ist Abschied eine Wischbewegung
die haftenden Fliegen und der Stoß, den er sich gab
das Warten im Dachstuhl eines Junihimmels: Die fertige Welt
ging als flackerndes nie entlassenes Bild
geräuschlos aus den Gelenken hervor
und fiel ihm leicht wie Kino
Im sandigen Blinzeln verpasste er den Übergang
zum Rückwärtssinken
Zonen des körperlichen Ungeschicks
etwas Schnelles muss es gewesen sein, mit scharfer Sehne –
hing er am Haken des Dursts
die Gondelfahrt mit all den mitgebrachten Körperfesten
bis es zum Riss kam

[3] Der traurige Kopf der Geliebten inmitten
   einer Porzellanvorstellung

Während du sprichst
liegt mein Kopf in der Wan-Tan-Suppe
Wan Tan ist ein beliebiges Ding
aus der Spätzeit
doch diese Unterwasseraufnahmen – (wo kommen sie her?)
meine Erektion muss bis in die Küche zu hören sein
du schämst dich
und die Plastefrauen aus Phnom Penh – (wer hat sie geschickt?)
streicheln verlegen mein Ohr
der Kopf der Blasen schlägt

Es muss doch diese Verbindung geben:
Vom Grund des Tellers eine nicht ausmachbare
Bahn durch porzellane Hautschichten, die Tonkrümel
auf der bohrenden Zunge, selbst bohrend
machen mir nichts, denn ich höre dich wie man Dinge
unter Wasser hört, und mit der Zunge schürfe ich
das Sediment des Wan Tan

Aus der Gattung, der mit feinem Pinselhaar gemalten Tiere
am Tellergrund der zweirümpfige Hund, das Vielfraß
mahnt zu Mäßigkeit, zu spät –

Du weinst, während du mein Kunststück betrachtest
ich höre es an der Art, wie du rauchst
zart wiegen uns die spielenden Lebensmittel
der Tisch in unentzifferbarer Symmetrie

Am Beckenrand

Wie der Schnauzpanzer von Fischen sind sie ständig
in Gefahr sich vollkommen in Gelee zu verwandeln
die Worte in der Vorstellung während sie nur Worte bleiben
wenn ich dich in der Nacht höre und du von Müdigkeit sprichst

Die Goldfischmäuler, die beim Auf- und Zusagen verschwommen
an die Handinnenfläche stoßen, das am Beckenrand sitzende Kind
ist die Art wie ich neben dir liege, die Beine im Fernwinkel, ich lausche
der Hand, die vom Beckenrand unter die Nachtkante taucht

Es ist schwer das alles
was in der vom Sommer gelösten Schallsuppe treibt und hereinweht
vom Hof (der eigene Wind, der aus dem Dunkeln bläst und die Ungeheuer
die dein Schlaf auf mich loslässt) nicht für bare Münze zu nehmen, das Bett
das unter Wasser erlernbare Lauschen

Zwischenhaltung [1]

Wie sieht es von draußen aus, durch das Fenster
wenn jemand im vierten Stock allein tafelt

Ohne dabei an Kino zu denken, sieht er die Kamerafahrt
das Licht
und wie Kopernikus den Netzstecker zieht in seiner fernen

Bodenstation

Von Seiten der Welt, die den Ball flach anspielt
ist Schmerz eine Variante der Fortbewegung
die Zweibeinigkeit ein Zwischenmoment
von irgendwo abgeseilt zu werden

Er sah seine essenden Hände
der steckengebliebene Sprung auf den Tisch

Zu bestimmten Zeiten ist jedes Geräusch naturwüchsig
das Essen mit Messer und Gabel, das ein Schneebrett löst
im Gegenzug
gibt es ein Echo von etwas, das man nicht hört
der Anblick einer Betonwand im Winter oder Plastiktulpen

All die geduldigen Worte für diesen Aufenthalt
beinhalten auch das Wort, das alle anderen entlarvt

Mit *Xylophon* z. B. lässt sich kein Herz einschlagen

Zwischenhaltung [2]

die Frage
wie lange steht man barfuß
in der fremden Küche
auf Linoleumgrund
und gießt den Tag aus einem Marmeladenglas
hinab in kleineren Batzen
wie Kaugummi *the young stay pretty* die Worte
nach Mittag, wenn der Rest an Flüssigkeit in die Luft geht
ein sprödes Bett lässt
an dem die Sohlenhaut klebt

Wie Bewegungen Ahnen haben
im somatischen Haus
das Zitieren und das Organische
im Bild einer Straßenbahn

Wie im Versuch zu entgleisen
ein für allemal
lehnt er sich an
(obwohl der Asphalt seine Ruhe bewahrt
die Leute gehen gerade)

In Handreichweite verschollen

Wie von allein
dreht sich der Entzug auf
alles ist präpariert für eine Episode:
allein zu zweit das Haus und
wie von allein rauschen die Kiefern
hoch über uns weiter
fast schon so
als wären wir nicht mehr da
dreht sich der Entzug auf
eine Gasflasche im Schuppen das Rot über der Torpedoform

Den einen Moment noch
flimmert das Bild, als wir zum Stehen kommen voreinander
das Zimmer
wie zur Begrüßung gibt es dann
eine Kette kaum merklich gesetzter Bewegung
in Wahrheit:
das Handkantenspiel, das misst
wie viel Raum zwischen Gesicht und Gesicht
immer bleiben wird

Der Herd geht jetzt das Wasser
wird warm sein wenn man den Hahn
aufdreht
könnte gesagt werden
der Folge nach
da der Wind, der beim Reden entsteht
kein im Kopf befindliches Foto zum Flattern bringt
schweigen wir
über die Geschichten
die jetzt alle
vor diesem Moment liegen

Charlotte Warsen
Gedichte

die karelische grenze
am ende standen wir also vor diesem wald, der total massiv war. mit massivem tier aus reinem tierstoff und getier. also nichts als wanderbewegung, waldmaterie, tiermasse. der zog sich hin, der wald. zäher waldsaft. gemeines waldwax, feinstes waldöl, totale dichte; der wald passierte, uns, passierter wald. der wald war rein, ich dachte noch, es passt nichts rein in diesen wald: der wald kann alles in sich aufnehmen, alles. überall war und ist wald wird wald sein, überall unterholz; unterhalb axt. der wald ist clean und leise und lauter wald. der wald legt an. er legt es darauf an. wald war schon, kommt aber wieder. wallender wollender wald. der wartende wald. der kommende wald, der dolce wald. der wald ist nischenlos und sehr prestige. ihm fehlt nichts, er ist urban und ahnt etwas. alles was hart ist, alles was grün ist; verschlungene lungen, veschwundene kuhlen, mulden, mulden: der wald steigt. unentrinnbare rinnsale. der wald haart. baldwald und bold wald. der wald boomt, der wald boult, der wald bumst. der wald ist kalt, der wald ist alt der wald ist an, der wald ist zu. der wald ist heute zu. der wald macht an. er legt uns ein. ärgert uns über sich selbst. der wald ist arg. der wald wird, der wald wird kalt, der wird erwachsen, der wald. der wald gebiert, der waldstirbt. der wald brennt auf der zunge, der ascht uns ab. man kann nicht an der lasche ziehn. man kann den wald nicht abziehen, man kann die wachsstreifen nicht abreißen; der wald ist unhintergehbar. der wald schleift und schleppt. der wald schlauft und schläft. der wald schnauft. der wald trinkt. er zieht waldwasser und: walddurchtränkter wald. klischee und schnee, so wald, so weiter, der wald ist wahr. der wald prallt, er ist zumindest aus metall und all. der wald eitert, der wald weitert, der wald würgt, der wald wurzelt und gnomt. der wald spritzt. überall quillt wald, gilt wald, wandert wald, gelingt wald und schlingt wald, valid wald. *longing for löcher, but no no.* inwards and outwärts imwald und waldwärts waldwechsel wildwald waldwuchs nachwuchs und ach-wuchs. ach baldwuchs. der wald wächst – efeu dem nach. wald im wandel der zeiten, wand in zeiten des waldes; randtropisch, saumseicht, westfahl. chitinpanzerschwarzglänzend und glatt. walded und branded; landen andere dran an interlianen. passen inzwischenbäume äste stämme: kein blatt mehr

die kanarische grenze
wir vermuten da muskulaturen im andern. der ozean ist
unentwegt unser zimmer. wir reiben uns rückenmark in den nebel &
beflissen reicht sich das meer als protest. es streicht seine gischt in den boden es
blättert sich gegen die nacht
ab. von strandbeginn an
kriecht wie ein weichtier dein mund in meinem gesicht und wir flutschen uns über
die wasserkanten hinein ins *buhu*
wir vermuten da muskulaturen im seegang.
das licht – es flunkert verschifft und breitbeinig quallen die wellen
uns an

silk spectre

mit 83 gehst du weg aus diesem zimmer.
nichts rührt dich an, da waren
homestorys und männer und versuchte
vergewaltigung. *vom erscheinen*
willst du nichts mehr hören vom verschwinden nicht
du zahlst die helfer aus – vor allem ozy – und die
beerdigung der freunde   *ruf laurie an*
apokalypse war ne feine rache   du gehst
in den pazifik immer weiter

über das speerwerfen zu pferde
    was sich überhaupt sagen lässt das kann man vage sagen

1

your prison is racing kind of ein bison trommelfell
auf jeder schulter bebt die herde riesen, deiner. da hilft
kein zopfen/zupfen. wo sonst ein frommes lauschen

hebt sich der tinitus der erde ihr gerede unter
unser sprengen, mein.
mein innig stalking stampfen heißes fiepen pferdgefühl

ist eine vielköpfige hetze
von hollywood aus auf dich abgerichtet

nicht von mir: ich tausche hiermit meinen hohlen schissermuskel herz
im freien fall am horizont am umschlagpunkt zu impfpunktwatte um

2
ich drücke auf ich
widme mich (performativ)
der landschaftsmalerei ich wische meine unschärfe
an den vorbeifliegenden hängen ab

die hängen den giganten
aus dem mund wie lange schürzen raus: ein zungenschlag
und wir sind taub
und wir sind staub und zügelloses suchen out
of focus wuchert pfeilschnell in die leeren hirne
ein
in ihre unendliche traurigwunder
schöne weite whiskeyweite, meine. deine
last frontier, mein tier

3
und warte: die hirne sind leer
die himmel sind von natur aus etwas
von oben herab

in die schädel (man stelle
sich vor: wie ein kopfbaldachin) und kannst du das
begreifen

vor der tür. und verstehst du was ich dir jetzt
über hundert raue münder gräserlandschaft
in den galoppten hirnstrom pfeife:
verfalle nicht in raserei
halte dich innig my deer!

dass die an der garderobe später sagen werden
da ist kein asthmaspray mehr da ist kein
asthmaspray da ist kein rastraum mehr kein rennstall
mehr und keine weide
nur noch das jagen

aber no way

4
wir müssen uns jetzt immer alles bei uns haben
im dahingejage aufbewahren
vage aufrecht halten
granatenharte zufallstreffer wagen (ein hoher salzgehalt
ist dabei wichtig um nicht aus der luft zu
schlagen)
und als beweis

knöpft man uns das große wummern herzstampede fliegend
wechselnd in den pelz man steckt uns einen kopf zusammen
und ein arroganter zufall schnürt uns in dasselbe

fleischgericht ein
es muss liebe sein

5
und in dieselbe morgenbleiche heimgekehrt
reicht mein helles atemgrau
nur grade noch von mund zu mund bei offenem fenster
und auch das dunklere von zigaretten

und minimal gehirnvertont rieseln uns die bässe aus den ohren
es rieselt uns die blesse aus den poren
es macht die erde nass und königlich und körniglich *es hat seit tagen nicht*

nein der alkohol war nicht genau bemessen
ja ich freu mich auf den wimpernzuwachs

6
ein geierlauern geht von meinem augenvorhang dunkelheit
zum andern ein geier – ziemlich groß – sitzt in geierlaune
auf meinem lid und giert auf seine geiershow
und weiß soviel ich weiß soviel wie wir: franz!
man hätte gar nicht geier werden dürfen
und die prärie die hätte gar nicht acker werden dürfen
in diesen tagen

man ist so auf die weiche ebene gepflockt jetzt kommt der
honig dann die impotenten ameisen public disgrace
und mein dir geschuldetes augengeflacker das konnte ich schon
vorher auswendig

dämmung. das war das folgenlose
federn. wir lagen windelweich in fremden betten.
wir hatten, wie alles andere auch, eine farbe
und eine funktion
wir lagen rastlos in den versionen, und still. davon
was bei uns nicht angekommen war und warum auch
nicht: die frau sah uns am fenster noch nach
und kippte uns dann um
in den parkrasen in die sparkassen geplumpst
man fühlte sich schwer wie zwei steine.
man schwieg man trat sich immer
auf das nächste wort, es gab:
keinehandschuhe
bloß hände

winterpalast. die fassaden schrumpeln sich über
die plätze zurück so weit können augen gar nicht nachwachsen wenn sie der schnee
treibt wenig leuchtstoff am boden braune matschstellen

metro, st. petersburg
erst unter der erde wird die schrift stumpf
richtungsblind durch den sekundenschlaf des marmors fällst du in ein
reißerischeres geheimnis

squashfrosch

he du pseudoprinz
aus dem grützenden teil des reiches
du quakst nur rum und bleibst ein frosch ich weiß es
mit dir könnt man squashen, verdammt!
du arsch! du blindgänger!

du&keinearme. von den schultern her
treiben ohne halten algen hadeln treideln tangelnd ohne fangen handel treiben tandelnd halden halten haften hadeln halten   ohne tausch, und ohne halten

findel. nachdem man abgestorben hatte fühlte man sich
besser noch nicht; erst noch außen fehl und an und außer arm
verbänden hatte sich auch nichts geändert
spuren von chitin   fettessende geister

ausgehen, st. petersburg
meine mode ist ganz hautig, ganz hautig

durch den stempel wirst du geil/teil der großen haut
allerhäuten. wie trennt man die fahnennaht ohne diese fingernägel
schwörst du deine stroboskopen alibis

westuferpark
er lief die rekumer runter und unter der sonne weg. die bald schon stank, shiverte und in flamingofarbe auslief. er ließ die augen schleifen, er streifte nur was sagbloß in der luft lag. er hatte noch den steifen regen im karton gefunden und betastete ihn in der tasche, hielt ihn in das motte licht. von einem zweiten finger war noch was pulver zurück, das man nicht deuten und loswerden kann; man mischt sich mit wasser und hinter uns kommt ein zuhause das beige ist. wie früher wenn fieberphantastisch die zwerge quollen, um einen über den rand der erdfläche zu werfen – die sterne, der prickel, die brause, das natron, der nebel, die säure; die lösen ihn vollständig auf! – und alle cutter, die im himmel hängen, halten noch. allein der mond der sichelt so geschliffen; aus dieser nummer kommt man ungeschnitten nicht mehr raus

Janin Wölke
Gedichte

ankommen im sommer in der verlassenen stadt/spinnweben an den handtuchhaken
grüne schatten vor den flaschencontainern/verschieden große kinder spucken um die wette
auf dem parkplatz vor edeka/ein toter fetter igel im bordstein/ein totes kleines vögelchen
an der mauer im hof/ich weiß nicht mehr die worte meiner stadt/die namen der stationen
zwischen hier- und da-allee
ankommen im sommer in der verlassenen stadt/vor den flaschencontainern sammeln sich
grüne schatten und kerne von obst/niemand weiß, wer sie sah die sehnsucht nach meer
oder nach weihnachten/unterschiedlich große kinder auf dem parkplatz/ein toter igel hier
ein toter vogel da/ein blauer strumpf auf der fahrbahn/ich bedauere sehr
die langeweile der stoffe
ankommen im sommer in der verlassenen stadt/ich höre nichts in der hitze/ich denke nach
über ihre stille/leicht und halsbrecherisch ist sie/wie spinnweben oder abgeschnittenes haar
wir sind alle traurig mitten am tag/wir sind still und halsbrecherisch/als würde jemand
hinter uns herlaufen/mit einem überführungskennzeichen in der hand/und
wäre dann plötzlich weg

ausflug zum see/blonde kinder werden heute getragen/ein junge
der seine jacke nicht zugemacht hat/grinst und rennt weg
du trägst mich und flüsterst von liebe/obwohl ich kein blondes kind bin

ausflug zum see/roter sand überall/beunruhigend/wie ein sehr deutliches gefühl
am horizont ein paar alte maschinen, die träumen/der see glänzt wie dein auge
liebster/ein graublaues schwärmen/ertrunkene tannen darin

ausflug zum see/rote sandböden und silberweiden/unkraut am wegrand
in dunkleren tönen/der see wie dein auge/dein auge ist schön/ich liebe dein sehnen
dein stürzen/ich möchte dir ein kraftwerk bauen/aus meinem roten haar

im park lassen sie drachen steigen/gelbe dreiecke und hundegesichter
im park bewerfen sich ein paar arbeitslose mit kastanien oder fahren fahrrad
ich beginne zu lieben/und fühle mich wie ein haus/dem die fenster fehlen
nachts laufe ich den heizkraftwerken nach/oder zähle schuhe
ich bin verliebt in dich/ich weiß nicht/was ich fühlen darf
manchmal schaue ich in den hof/dort steht ein einzelner baum/in seinen dunklen ästen
hängt ein roter ball/als würde der baum den ball bergen/schützen über den winter

herbst/wir gehen nicht mehr ans telefon/wir reden über den tod unserer mütter
es regnet/der himmel dunkel/zerrissene wolken/zwei rüden kämpfen, ewig und lautlos
eine große alte birke wird bald gehängt/wer käme jetzt auf die idee,
dass hunde zählen können oder dass viele rechtecke einen raum ergeben
wer käme jetzt überhaupt auf eine idee
herbst/wir gehen nicht mehr ans telefon/es regnete/die straßenbahn kam nicht,
weil einer erstochen wurde/jemand half heizungskabel tragen
wer käme jetzt auf die idee, dass kreise, immer wieder kreise, bewegung schaffen
oder stellte sich die frage, wie sich die linie zur farbe verhält
wer käme jetzt überhaupt zu irgendeiner idee
herbst/es wird wieder regnen/ich fahre in ein großes einkaufszentrum, um eine packung käse
und ein paar haargummis bei H+M zu kaufen/zu kaufen/zu kaufen/die angst zu verkaufen
in der bahn sagt eine mutter zu ihrem kind: das ist ein luftballon, kein bungalow
woher weiß sie das? herbst/wir gehen nicht mehr ans telefon
eine große alte birke wird bald gehängt

ahorn wir laufen über ahorn im dunkeln
im hausflur drehen wir uns zweimal um weil jemand
hinter uns sein könnte **ahorn** im dunkel über ahorn
wir laufen über ahorn im dunkel drehen wir uns ...
drehen uns halten den atem weil etwas hinter uns ...
ahorn wir laufen über ahorn in der nacht es ist kalt
ich kann nichts weiter schreiben ... ich will nicht sterben

bin eine 12-spurige autobahn in moskau kann kaum denken gehe bei rot nehme nicht meine medikamente werfe alle knöpfe löffel aus dem fenster locke krankenwagen an sie zu bespucken kann nicht schlafen kann nicht meine schuhe finden alle schlüssel verloren die orientierung eines irrenhauses trotzdem trotzdem suche ich ... suche etwas ... suche ... vielleicht ... ein wunsch:

        zum träumen zurück

                der welt abhanden kommen

ich hatte vergessen/dass ich nichts tauge im winter
ich bleibe im zimmer/besser/unter dem bett
liegt eine kaputte gitarrensaite/ein zettel/staub
grau und fest/wie große stücke vom februar
es drückt in den schultern/im nacken/im mund
ich möchte die augen geschlossen halten/wie der fisch
in meinem bauch/ich möchte einen namen tragen
wie die steinkoralle im zoo/ich möchte erinnern
den kleinen jungen/meinen …/meine hand auf seinem kopf
ich möchte uns festhalten/hierhalten/unterm bett
liegt grünes bonbonpapier/ein zettel der mitbewohnerin:
Guten Morgen, bitte mal Mama anrufen!/ein alter zahn
der aussieht wie popcorn/ich hatte vergessen/dass ich
nicht kann im winter/dass ich nicht lächeln kann
dass einem das herz gefriert auf der haut

wie zum spielen/setzen wir uns zu ihnen auf die veranda
an den gedeckten tisch/die kleinen kuchengabeln rechts
die braven antworten links/sie hören uns aufmerksam zu und nicken
sie sind heiter/die alten/sitzen in der sonne und schaukeln/mir ist nicht wohl
ich fürchte um sie/ich fürchte um den lavendel, die margeriten
die gelben nachmittagsblumen, die sich nach dem kaffee verschließen
bevor wir gehen/sollen wir noch blumen pflücken/sagen sie und lächeln
ich bin immer artig und ängstlich im garten/ich fürchte sehr um unser spiel

nach dem regen/die dunklen blätter der nassen bäume hängen
schwer und tief/ich kann sie berühren, wenn ich unter ihnen durchlaufe
die uhr in der küche ist stehengeblieben/niemand ist mehr im haus
selbst der kater ist abhanden gekommen/die straßen liegen aufgerissen
große maschinen auf dem gehweg/ausgeblichene straßenschilder
graue wiesen in der dämmerung und der geruch von neuen buntstiften
einmal hörte ich, wie ein kind seinem vater erklärte: ach, das war ja noch
als wir bis 10 gezählt haben! einzig was uns bleibt/nach dem regen
ist eine packung taschentücher unterm kissen der kleinen schwester

man sagt, hier schone man die dichter
man kämme ihnen das haar und schäle ihnen die äpfel
man lasse ihnen den regen und das langsame gehen
räuber ließen die messer stecken/zögen weiter
die wälder wären fett und groß/die flüsse sehr breit und grün
in der schule lehre man das sehen/gott hätte hier
seinen goldenen schlüsselanhänger verloren/die dichter wären königinnen
man sagt, ich wünsche zu wohnen hier

»Schwelle, spiel auf« I

B.: tired. snow. smoke in the trees/ICE berlin-paris und die leeren landschaften *neutral territory/nude mood. muted browns/romantic shades of coffee, cream, sharp ice grey*/W.: tired. the train. geklapper von tastaturen/räuspern. ein schlafen-wollen auf allen sitzen/geknister von brotpapier. das rauschen der fliehenden felder/*looking washed-out/subtle shades*/flohen wir? vor was?/*suppose we repented*/H.: kandinskys weiß am rand des schnees/the train: *neutral territory/en attendant/rien à faire*/der zug eine schäre die schwelle zum meer

»Schwelle, spiel auf« II

K.: dunkle schollen auf den kalkigen äckern/lambs wool, structured organza *mohair, leather and recycled fur/Burberry Prorsum 2010–2011/pale colours chalk dust*/F.: der flache faden feld und stunde/wird garn/wird tag/wirkt fläche und raum/webt muster und baum/*textures. l'imbrication de tissus, cuir et maille* S.: die zweige polymer wie raue zellulose/*lanières entrelacées*/und das geronnene gewebe der stromleitungen – stempelschwarze stiche/*l'audace – Rodarte* des Tages Wagnis Tag zu sein/P.: wach. beton. licht auf den gleisen »Spiel, führ weiter!«

Die Autoren

Christina Böhm, fünfunddreißig Jahre alt, studierte Rechtswissenschaften in Wien und Los Angeles und war unter anderem bei Gericht, in einer Drehbuchagentur, als Regieassistentin und in der Landesverwaltung tätig. Sie schreibt Prosa, mit und ohne historischem Hintergrund, aber auch szenische Texte und hin und wieder das, was man früher Fantastik nannte.

Nadine d'Arachart und *Sarah Wedler*, geboren 1985 und 1986 in Hattingen, studieren Sozialwissenschaften an der Ruhr-Universität Bochum und schreiben seit mehr als zehn Jahren gemeinsam. Neben diversen Veröffentlichungen in Anthologien und Jahrbüchern erhielten sie verschiedene Preise für ihre Kurzgeschichten und Drehbuchideen, unter anderem den Förderpreis der Kubischu und den IDEALE Literaturpreis. Die beiden arbeiten als freie Autorinnen und saßen 2011 aktiv einer Jury bei.

Roman Ehrlich, geboren 1983 in Aichach. Berufsausbildung zum Radio- und Fernsehtechniker in Neuburg/Donau. Studium am Deutschen Literaturinstitut Leipzig (Literarisches Schreiben) sowie an der Freien Universität Berlin (Neuere Deutsche Literatur). Mitherausgeber der Literaturanthologien »Edition NBL« und »Tippgemeinschaft«. Kontakt: romanehrlich@gmx.de

Daniel Erning, 1983 in Ahaus geboren, studierte von 2004 bis 2009 Germanistik und Philosophie in Münster und studiert seit 2009 Germanistik und Anglistik in Magdeburg. Er ist Hiwi am Fraunhofer IFF (Abteilung Presse- und Öffentlichkeitsarbeit), freier Redakteur für den »kulturschwärmer« und im Organisations-Team des Studentennetzwerks IGER:Media an der Otto-von Guericke-Universität Magdeburg.

Joseph Felix Ernst, 1989 in Burghausen an der Salzach geboren, studiert seit 2009 Germanistik und Buchwissenschaft an der

Friedrich-Alexander-Universität Erlangen-Nürnberg. Er schreibt (und malt) seit vielen Jahren – und arbeitet gerade an seinem ersten Roman. Beim 23. Literaturpreis der Nürnberger Kulturläden 2011 erreichte er den zweiten Platz.

Philipp Günzel, geboren 1980 in Hamburg, lebt dort und ist Mitherausgeber der Literaturzeitschrift »randnummer«. Veröffentlichungen in Anthologien und Zeitschriften, zuletzt in: »lauter niemand nr. 11« (2011) und »trashpool nr. 2« (2011).

Johanna Hemkentokrax, geboren 1982 in Bielefeld. Lebt in Leipzig. 2003 bis 2008 Studium der Fächer Prosa und Dramatik/Neue Medien am Deutschen Literaturinstitut Leipzig. Limburg-Förderpreis für Prosa 2006. (Literarische) Veröffentlichungen in Zeitschriften und Anthologien sowie (journalistische) Arbeiten für den Hörfunk.

Stefan Köglberger, 1983 in Linz geboren, studierte Germanistik und Geschichte an der Universität Wien und ist heute Lehrer am Hamerling-Gymnasium Linz und Doktorand der Germanistik an der Universität Wien. Veröffentlichung: »Kontingenz« in: »Die Rampe – Hefte für Literatur« (4/2011).

Anja Kootz, 1977 im mecklenburgischen Waren/Müritz geboren, studierte Amerikanistik, Germanistik und Kulturwissenschaften an der Humboldt-Universität zu Berlin und der New York University. 2004 bis 2008 lebte sie in Paris, seit 2009 ist sie freie Lektorin und Übersetzerin für Französisch und Englisch. Sie ist Mitglied im Bundesverband junger Autoren und Autorinnen und dort Herausgeberin des Jahresmagazins »LIMA«.

Lisa Kreißler, geboren 1983 in Bückeburg, studierte Theater- und Medienwissenschaften, Psychologie und Nordische Philologie in Erlangen und Uppsala. Während des Studiums wirkte sie in verschiedenen Theaterproduktionen mit und schrieb. Nach dem Abschluss fand sie eine Anstellung als Online-Redakteurin in Berlin. 2009 gewann Lisa Kreißler beim Nachwuchsautorenwettbewerb vom »KulturSPIEGEL« den Publikumspreis. Es zog sie von Berlin nach Reykjavik und schließlich nach Leipzig. Seit Oktober 2010 studiert sie am Deutschen Literaturinstitut.

Isabelle Lehn, 1979 in Bonn geboren, lebt in Leipzig. Nach einem Studium der Allgemeinen Rhetorik, Ethnologie und Erziehungswissenschaft in Tübingen und Leicester studierte sie am Deutschen Literaturinstitut Leipzig und wurde 2011 im Fach Rhetorik promoviert. Isabelle Lehn war 2004 Finalistin beim Literaturpreis Prenzlauer Berg, im selben Jahr erhielt sie den Preis des Tübinger Wekenmann-Literaturwettbewerbs. 2009 gewann sie beim Drehbuchwettbewerb »Ansichtssache«. Ihr Kurzfilmdrehbuch »Help« wurde im Jahr 2010 in Lodz, Polen, verfilmt. Isabelle Lehn war Stipendiatin der Studienstiftung des deutschen Volkes, der Kulturstiftung des Freistaates Sachsen, der 5. Jürgen Ponto-Schreibwerkstatt und der Stiftung Künstlerdorf Schöppingen. Ihre Texte wurden in Zeitschriften und Anthologien veröffentlicht.

Tristan Marquardt, geboren 1987 in Göttingen, lebt in München und Zürich. Er ist Mitglied der Berliner Lyrikgruppe G13 (http://gdreizehn.wordpress.com), deren Mitgründer er 2009 war. 2010 Einladung an das Internationale Poesiefestival Berlin, 2011 an das Festival ars poetica in Bratislava und Košice (Slowakei). Publikationen in Zeitschriften (»Belletristik«, »randnummer«, »Kleine Axt«) und Anthologien.

Mit drei Jahren kam *Meter Mütze* zur Welt, zuvor entwickelte er in der Gebärmutter seiner Mutter die Urlaubsbilder der Nachbarschaft. In Passbildgröße natürlich. Nach Stationen in Hamburg, Kiel und Tübingen verbringt er seinen Lebensabend inzwischen in Tourette de Mar. Er ist Gewaltfilmregisseur, Rapper und Dozent mit laufenden Veröffentlichungen unter metermuetze.de und mischgemuese.com.

Peter Parczewski, geboren 1981 in Lauenburg, Polen. Ab 1989 in Deutschland. Aufgewachsen in Winnenden. Studium der Mathematik an den Universitäten Stuttgart und Heidelberg. Promotion an der Technischen Universität Braunschweig und nun, in den letzten Zügen, an der Universität des Saarlandes.

Ann-Kathrin Roth, geboren 1989 in Lauterbach. Seit 2009 Studium der Rechtswissenschaften an der Friedrich-Schiller-Universität Jena. Veröffentlichungen im Rahmen des OVAG-Jugendliteraturpreises.

Michael Sieben, geboren 1977 in Mainz. Studium von 1999 bis 2006 in Mainz und Köln. Wissenschaftlicher Mitarbeiter am Institut für Rundfunkökonomie an der Universität zu Köln. 2004 einjähriger Studienaufenthalt in Paris, Produktionsassistent bei einer Pariser Produktionsfirma für Dokumentarfilme. Diplom 2006 in Köln. Lebt seit 2006 in Berlin und arbeitet in einem international tätigen Telekommunikationsunternehmen.

Jan Skudlarek, 1986 in Hamm geboren, wuchs in Nordrhein-Westfalen und Spanien auf. Abitur 2003 in Hamm. 2004 bis 2010 Studium der Philosophie und Hispanistik an der Westfälischen Wilhelms-Universität in Münster. Ab April 2011 Doktorand im Bereich der Geistesphilosophie. Literarische Tätigkeit seit 2007. Preisträger des Literaturförderpreises 2008 der Gesellschaft zur Förderung der Westfälischen Kulturarbeit (GWK). Seit 2008 Veröffentlichung einzelner Gedichte und Gedichtgruppen in Literaturzeitschriften und Anthologien, unter anderem in »Neue Rundschau«, »randnummer«, »[sic]«, »Edit« und in »Versnetze_drei«. Das Lyrikheft »erloschene finger« erschien 2010 in der »parasitenpresse«. Im November 2010 Finalist beim 18. open mike der Literaturwerkstatt Berlin. Endrundenteilnehmer des Literarischen März 2011 in Darmstadt. Westfälischer Förderpreis zum Ernst-Meister-Preis 2011. Arbeitsstipendium des Landes NRW.

Manuel Stallbaumer, geboren 1990. Aufgewachsen und tendenziell erwachsen geworden in Aidlingen. Studiert seit 2009 am Literaturinstitut in Leipzig, veröffentlicht hin und wieder Gedichte.

Janna Steenfatt, geboren 1982 in Hamburg. Studierte am Deutschen Literaturinstitut Leipzig und absolvierte ein Gastsemester im Studiengang Szenisches Schreiben der Universität der Künste, Berlin, sowie ein Gastsemester im Studiengang Duitse Taal en Cultuur der Universiteit van Amsterdam. Erhielt 2010 ein Aufenthaltsstipendium für das Künstlerhaus Schloss Wiepersdorf, 2009 ein Aufenthaltsstipendium der Stiftung Künstlerdorf Schöppingen, war 2007 Teilnehmerin des Klagenfurter Literaturkurses und erhielt 2005 den Publikumspreis des Hattinger Förderpreises.

Sebastian Unger, 1978 in Berlin geboren, studierte Kulturwissenschaften in Frankfurt/Oder und am Deutschen Literaturinstitut Leipzig.

Charlotte Warsen, geboren 1984 in Recklinghausen, studierte von 2004 bis 2010 Kunst, Englisch und Philosophie an der Kunstakademie Düsseldorf, der Universität zu Köln und in Joensuu, Finnland. Studium der Malerei in den Klassen von Markus Lüpertz und Tal R. Seit 2011 Promotionsprojekt in der Philosophie zum Thema »Politik der Malerei«. Lehrauftrag für Philosophie an der Folkwang Universität der Künste, Essen. Veröffentlichungen in: »Poet«, »lauter niemand«, »Belletristik«.

Janin Wölke, geboren 1982 in Berlin. Nach dem Abbruch des Abiturs 2001 verschiedene Jobs in Kneipen und Praktika bei Fotografen, Zeitschriften und einer Werbeagentur. Nach dem Wiederholen des Abiturs Studium der Germanistik, Geschichte und Vergleichenden Literaturwissenschaft in Freiburg und Paris von 2006 bis 2010. Arbeit am Projekt »Daydreamer Dress!«: Lyrik als Intervention in den öffentlichen Raum; Lyrik als Graffiti und als musikalische Zusammenarbeit mit dem Elektroduo »Ponyrony«. Teilnahme am Wettbewerb 1. Lyrikpreis München 2010. Veröffentlichungen in »außer.dem« (Nr. 17 im November 2010), »poetenladen«, »poet« (Nr. 10 im Februar 2011). Finalistin beim 2. Lyrikpreis München 2011.

Die Jury

Felicitas Hoppe, geboren 1960 in Hameln, lebt als Schriftstellerin in Berlin. 1996 erschien ihr Debüt »Picknick der Friseure«, 1999, nach einer Weltreise auf einem Frachtschiff, folgte der Roman »Pigafetta«, 2003 »Paradiese, Übersee«, 2004 »Verbrecher und Versager«, 2006 »Johanna«, 2008 »Iwein Löwenritter«, 2009 »Sieben Schätze« und »Der beste Platz der Welt«. Im Frühjahr 2012 erscheint der Roman »Hoppe«. Für ihr Werk, das im S. Fischer Verlag erscheint, wurde Felicitas Hoppe mit zahlreichen Preisen ausgezeichnet, unter anderem mit dem aspekte-Literaturpreis, dem Bremer Literaturpreis, dem Roswitha-Preis der Stadt Gandersheim und zuletzt mit dem Rattenfänger-Literaturpreis ihrer Heimatstadt.

Tilman Rammstedt, geboren 1975 in Bielefeld, lebt als Schriftsteller in Berlin. Er gewann 2001 den open mike der Literaturwerkstatt Berlin. Für seine Bücher, den Erzählband »Erledigungen vor der Feier« (2003) und die Romane »Wir bleiben in der Nähe« (2005) und »Der Kaiser von China« (2008), wurde er vielfach ausgezeichnet, unter anderem mit dem Ingeborg-Bachmann-Preis und dem Annette-von-Droste-Hülshoff-Preis.

Kathrin Schmidt, geboren 1958 in Gotha, lebt als Schriftstellerin in Berlin. Sie veröffentlicht seit 1982 Lyrik und Prosa und erhielt für ihr literarisches Werk zahlreiche Preise, darunter den Leonce- und-Lena-Preis 1993. Ihr 1998 erschienener Roman »Die Gunnar-Lennefsen-Expedition« wurde mit dem Förderpreis des Heimito-von-Doderer-Preises und dem Preis des Landes Kärnten beim Ingeborg-Bachmann-Wettbewerb 1998 ausgezeichnet. Für ihren Roman »Du stirbst nicht« erhielt sie 2009 den Preis der SWR-Bestenliste und den Deutschen Buchpreis. 2010 war sie Stipendiatin der Villa Massimo in Rom. Zuletzt erschienen 2010 der Lyrikband »Blinde Bienen« und 2011 der Erzählband »Finito. Schwamm drüber«.

Die Lektoren

Thorsten Ahrend, geboren 1960, Studium der Germanistik in Leipzig, 1985 bis 1988 wissenschaftliche Tätigkeit an der Universität Rostock, Promotion; 1989 Universität Leipzig; seit 1990 Lektor für neue deutsche Literatur: 1990 bis 1994 Reclam Leipzig, Ende 1994 bis 1997 Gustav Kiepenheuer, 1998 bis 2004 Suhrkamp Verlag. Seit 2005 Mitgesellschafter und Programmleiter für Belletristik im Wallstein Verlag. Lehraufträge an Universitäten in Marburg, Erlangen, Rostock.

Petra Gropp, 1974 in Mainz geboren, studierte Germanistik, Literaturwissenschaft und Romanistik in Mainz und Dijon, war als Wissenschaftliche Mitarbeiterin an der Universität Mainz tätig und arbeitet seit 2003 als Lektorin im S. Fischer Verlag.

Annette Kühn, geboren 1981 in Frankfurt am Main, studierte Vergleichende Literaturwissenschaft und Buchwissenschaft. Sie arbeitete unter anderem für den Suhrkamp Verlag, die Frankfurter Buchmesse und im Buchhandel. 2007 gründete sie gemeinsam mit Christian Lux den Verlag luxbooks. Sie lebt in Wiesbaden.

Manfred Metzner, lebt als Verleger (Verlag Das Wunderhorn) und Rechtsanwalt in Heidelberg. Er ist Herausgeber des literarischen Werks des Surrealisten Philippe Soupault und des fotografischen Werks der Bauhaus-Künstlerin Ré Soupault. Seit 1994 ist er Co-Festivalleiter der Heidelberger Literaturtage. Von 2000 bis 2010 war er Vorsitzender der Kurt-Wolff-Stiftung, Leipzig. Seit 2007 im Beirat der Fakultät für Gestaltung (Hochschule Mannheim) und seit 2009 Lehrbeauftragter für Kulturvermittlung und Verlagswesen an der Universität Heidelberg.

Lina Muzur, geboren 1980 in Sarajevo (Bosnien-Herzegowina), studierte Englische Literatur und Philosophie in Bamberg und Edinburgh. Seit 2006 arbeitet sie im Lektorat des Carl Hanser Verlags.

Sara Schindler, geboren 1968, studierte Germanistik, Filmwissenschaften und Volkskunde in Zürich. Nach dem Studium arbeitete sie knapp fünf Jahre als Lektorin bei der Edition Stemmle, seit 2001 ist sie als Cheflektorin und Mitglied der Geschäftsleitung beim Kein & Aber Verlag in Zürich tätig.

Preisträger und Jury 1993–2011

Jahr	Jury	Preisträger
1993	Uwe Kolbe Ginka Steinwachs Peter Wawerzinek	Wolfgang Schlenker Tim Krohn Kathrin Röggla
1994	Bodo Hell Katja Lange-Müller Michael Wildenhain	Ulf Stolterfoth Karen Duve Michael Müller
1995	Sabine Peters Walter Klier Jan Faktor	Julia Franck Sabine Neumann Christian Futscher
1996	Friederike Kretzen Kerstin Hensel Wilhelm Bartsch	Marcus Jensen Vera Henkel Olaf Behrens
1997	Margit Schreiner Kurt Drawert Michael Roes Burkhard Spinnen	Robby Dannenberg Björn Kuhligk Terézia Mora
1998	Brigitte Oleschinski Marlene Streeruwitz Georg M. Oswald	Boris Preckwitz Stephan Groetzner Tobias Hülswitt
1999	Birgit Vanderbeke Kathrin Schmidt Arnold Stadler	Almut Tina Schmidt Jochen Schmidt Michael Stauffer
2000	Terézia Mora Gerhard Falkner Silvio Huonder	Zsusza Bánk Claudia Klischat Markus Orths
2001	Julia Franck Jens Sparschuh Adolf Muschg	Nico Bleutge Erika Anna Markmiller Tilman Rammstedt

Jahr	Jury	Preisträger
2002	Ulrike Draesner Josef Haslinger Birgit Kemper	Kai Weyand Christian Schünemann Ariane Grundies
2003	Karen Duve Ingomar v. Kieseritzky Ferdinand Schmatz	Kirsten Fuchs Petra Lehmkuhl Veronika Reichl
2004	Thomas Hettche Michael Lentz Christina Viragh	Christian Schloyer René Becher Rabea Edel
2005	Katja Lange-Müller Lutz Seiler Peter Stamm	Lucy Fricke Dagrun Hintze Jörg Albrecht
2006	Maxim Biller Christoph Geiser Barbara Köhler	Luise Boege Katharina Schwanbeck Julia Zange
2007	Georg Klein Antje Rávic Strubel Raphael Urweider	Johann Trupp Tina Ilse Gintrowski Judith Zander
2008	Thomas Glavinic Monika Rinck Feridun Zaimoglu	Sonia Petner Svealena Kutschke Thien Tran
2009	Ursula Krechel Kathrin Röggla Jens Sparschuh	Konstantin Ames Inger-Maria Mahlke Matthias Senkel
2010	Hanns-Josef Ortheil Ilija Trojanow Anja Utler	Janko Marklein Jan Snela Levin Westermann
2011	Felicitas Hoppe Tilman Rammstedt Kathrin Schmidt